# N STRAINSÉIR

C

w
as
it

WITHDRAWN
FROM
STOCK

# AN STRAINSÉIR

## Brian Ó Tiomáin

Cló Iar-Chonnacht
Indreabhán
Conamara

An chéad chló 2016
© Cló Iar-Chonnacht 2016


ISBN 978-1-78444-143-2


**Dearadh:** Deirdre Ní Thuathail
**Dearadh clúdaigh:** Clifford Hayes

Tá Cló Iar-Chonnacht buíoch de Fhoras na Gaeilge as
tacaíocht airgeadais a chur ar fáil.

Faigheann Cló Iar-Chonnacht cabhair airgid
ón gComhairle Ealaíon.

**Clóchur:** Cló Iar-Chonnacht, Indreabhán, Co. na Gaillimhe.
**Teil:** 091-593307 **Facs:** 091-593362 **r-phost:** eolas@cic.ie
**Priontáil:** iSupply, Gaillimh.

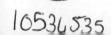

*do Lorraine, Caoimhe agus Ailbhe Síle*

*Níl an scéal seo suite ar ceachtar de thrí Oileán Árann. Tá sé*
*suite ar an gceathrú ceann. Níl sé cosúil ar aon bhealach le ceachtar*
*de na trí oileán eile.*

Ba mhaith liom buíochas a ghabháil le hÁras Éanna, Inis Oírr. Rinne mé roinnt mhaith oibre ar an mbundréacht ansin le linn dom tréimhse a chaitheamh ann mar scríbhneoir cónaitheach.

Fuair leagan de mhonalóg Mhicilín an chéad duais i gcomórtas gearrscéalaíochta, urraithe ag *Foinse* agus Ionad an Bhlascaoid Mhóir, i 2005. Fuair dráma raidió bunaithe ar an scéal seo (scríofa agus stiúrtha ag an údar) Gradam Barr Feabhais i nGradaim Ghnóthachtála CRAOL 2009 do dhrámaí raidió i mBéarla agus i nGaeilge a fuair léiriú gairmiúil. Bhuaigh an leabhar seo duais i gComórtais Liteartha an Oireachtais 2008 do leabhar ficsin ó scríbhneoir nár foilsíodh leabhair ficsin leis cheana.

# Clár

# 1. Scéal an Strainséara

Thuirling scáil orm ar maidin. Mo sheanchara ina chulaith dhorcha. Ag meabhrú dom go bhfuil dúil aige go fóill dul ag taisteal liom, ar mo dhroim. Táim cromtha ag an ualach. Bíonn mo mham ag rá liom go bhfuilim ró-óg le bheith ag siúl thart ar an gcaoi chéanna léise.

B'in cúis amháin gur tháinig mé ar ais chuig an oileán. Bhí mé ag lorg faoisimh ón diabhal. Nílim ag caint faoi mo mham anois ach faoi mo chara. An scáil dhubh mar a thugaim air. Tá muid cineál cairdiúil le fada. Bhí mé ag iarraidh éalú uaidh, nó ar a laghad go mbeadh saoire agam i m'aonar.

Cheap mé go raibh mé tar éis éalú uaidh agus mé ar an mbád farantóireachta. Bhí spiorad éadrom ionam ó d'fhág mé an mhórthír go dtí go raibh muid ag teacht i dtír ar an oileán. Bhí mé ag breathnú anuas ar dhromchla na farraige. Bhí sí chomh ciúin. B'ansin a chonaic mé an íomhá sna tonnta. Bhí meangadh air.

Tá sé sách deacair éalú ó do scáil. B'fhéidir go raibh saoire uaidhsean freisin.

Thuig mé go raibh seans maith go leanfadh sé mé. Cén dochar. Nuair a tháinig muid i dtír, bhraith mé go raibh muid ar ár suaimhneas anseo. É féin agus mé féin. Seans gur thuig sé go raibh neart scáileanna eile ar an oileán. Pé scéal é, d'imigh sé leis tar éis dúinn a bheith tuairim is leathuair an chloig ann.

Ní hé go bhfuil mo scáil gan éifeacht. Cuireann sé brú orm dul ag siúl scaití. Cuireann sé iachall orm obair dhúshlánach a dhéanamh. Caithfidh mé a leithéid a dhéanamh chun dul i ngleic leis. Tugann cleachtadh fisiciúil faoiseamh dom. Ach ní féidir fáil réidh le do scáil. Riamh.

Go hiondúil tugann sé nod dom go bhfuil sé ar a bhealach. Má thagann sé gan réamhfhógra, tá nod ansin go bhfuil rud éigin aisteach le tarlú. D'imigh sé uaim an chéad lá sin ar an oileán ach d'fhill sé seachtain ina dhiaidh sin gan fógra. Lá cinniúnach i mo shaol a bhí ann, mar a tharla.

An strainséir a thugann formhór mhuintir an oileáin orm. Tugann Maitias m'ainm ceart orm: Ciarán. Tá Maitias breis is trí scór. Ag breathnú air, cheapfá go raibh na ceithre scór slánaithe aige. Tá sé cúig bliana is fiche níos sine ná mé. Ó chúlra iomlán éagsúil. Ach tá an mianach céanna ionainn.

Cónaíonn sé leis féin. Níl mórán daoine eile ar an oileán sásta labhairt leis taobh amuigh de Mháire Pheait Tom. Ní nach ionadh, bíonn sé ag caint leis féin. Caithfidh sé labhairt le duine éicint. Labhraim féin leis scaití. Creideann sé i mbrionglóidí. Tá an creideamh céanna agam féin. Ar ndóigh, ní féidir a leithéid a admháil do mhórán.

Cloisfidh tú Maitias sula bhfeicfidh tú é, má tá tú amuigh ag siúl na mbóithre casta anseo. Tá guthanna éagsúla aige. Cheapfá scaití go raibh triúr nó ceathrar acu ann. Cén dochar. Nach mbíonn chuile dhuine ag caint leo féin. B'fhéidir nach labhrann siad os ard ach bíonn neart cainte istigh. Nach mórán mar a chéile é.

Duine ar an imeall é Maitias. Cosúil liom féin. Tuigeann Tadhg Taidhgín. Tá an t-oileán féin ar an imeall ach tá cuid againn ar imeall an oileáin.

Táim in ainm is a bheith i mo státseirbhíseach. Sin é mo phost. Daoradh é mar phionós orm ag tús mo shaoil oibre. Níor éalaigh mé ó shin. Is *lifer* mé. I mo chroí, is seandálaí mé, bíodh is nach in é an jab atá agam. Bím ag tochailt sa chré agus istigh ionam féin. Obair bhleachtaire é, ar bhealach.

Bhí a fhios agam ón tús go raibh mé difriúil. Ní raibh mé sásta leis an ngnáthshaol cé gur thriail mé é. Thriail mé é ar feadh i bhfad. Ag imirt peile. Ag dul chuig an bpub. Jab seasta sa státseirbhís.

An lá a thosaigh mé sa státseirbhís, chuaigh mé isteach i gcónra. Ní raibh i gceist agam fanacht ann. Ach bhí geallúintí ann faoi phinsean, ardú céime agus post seasta. Bhí siad scríofa sa chonradh, agus sa chónra. Shínigh mé an conradh le mo chuid fola.

Lean bliain bliain eile. Tairne i ndiaidh tairne sa chónra. Go dtí go raibh mé scór bliain ann – scór tairne fada tairneáilte sa chónra. Faoin am sin bhí mé greamaithe istigh leis na mairbh. Bhí an tuarastal réasúnta agus ní raibh mé ag iarraidh tosú as an nua. Bhí an spiorad misnigh díbrithe uaim.

Bhí saghas easnaimh ionam i gcónaí. Fiú ar scoil. Bearna lom. Uaigneas aisteach. Fiú i measc comhluadair. Tuige? Níl a fhios agam. Bhí cíocras seasta ionam do rud éicint domhain. Rud éigin nach raibh mé a fháil ón saol. Thuig mé nach mbeadh sásamh ar fáil dom ón saol a bhí agam. Thuig mé chomh maith nach raibh aon rogha agam ach glacadh leis.

I ndiaidh na scoile, thosaigh mé i bpost mar róbat sa Roinn Sláinte. Ag síniú cúpla céad foirm chuile lá. Gan cead cainte ná gáire. Ba gheall é le príosún.

Thosaigh mé ag cur spéise sa tseandálaíocht ionas nach rachainn glan as mo mheabhair. Chuala mé go raibh an tochailt go maith ar an oileán.

Cheap mé go raibh mé i bparthas nuair a tháinig mé chuig an oileán den chéad uair. Mhothaigh mé ar mo shuaimhneas láithreach. Bhí leigheas ann. Bhí sé san aer, sa bhfarraige, sna carraigeacha agus sna plandaí.

Thar aon rud eile, bhí leigheas sa solas. Bhí solas álainn ann a bhí éagsúil ar fad ón mórthír. Mar thoradh ar an leigheas, bhraith mé fuinneamh úr ionam, a thug saoirse dom. Bhí cineál draíochta ann, ar bhealach.

Bhí Máire liom an chéad uair a tháinig mé chuig an oileán. Bhí tús agus deireadh sa turas sin. Nílim ag caint faoi theacht agus imeacht. Bhí solas agus dorchadas romham.

Thaitin an t-oileán léi. Ach níor mhothaigh sí aon iontas ann. Nuair a mhothaigh sí an t-iontas, bhí sí trína chéile aige. Níor thaitin mo chuid cainte faoi na mistéirí léi.

Bhí mé tríocha cúig an samhradh te a bhuail mé le Máire. Bhíodh sí ag déanamh bolg le gréin ag am lóin ar an bhféar taobh amuigh de Theach an Chustaim. Mise ag faire uirthi. A gúna ardaithe cúpla orlach thar a glúine ar mhaithe le grian a fháil.

Théimis ar ais ag obair ag a dó. Ise chuig an Roinn Comhshaoil, mise chuig an Roinn Sláinte. Smaointe neamhshláintiúla ag dul trí mo chloigeann. Rinne mé iarracht scríobh ach bhí an dúch imithe. Rinne mé iarracht smaoineamh faoin obair ach bhí m'aigne ar strae.

Tharla gur fhág sí a spéaclaí ina diaidh lá amháin. Thapaigh mé an deis chun iad a thabhairt ar ais di. Thosaigh muid ag siúl amach. Chuir muid aithne ar a chéile. Aithne de réir an bhíobla mar a déarfá. Aithne chúng ab ea í. Is fáinne fí í an aithne sin. I ndáiríre, ní raibh aithne cheart againn ar a chéile.

Tar éis tuairim is ocht mí, bhí roinnt dár gcairde geallta faoi chasadh na bliana. Chuir sé sin brú orm. Aon uair a théimis amach le haghaidh béile, bhíodh an comhrá torrach. Torrach le nodanna i dtreo na haltóra. Bhí drogall orm dul i ngar do bhialann dá réir, ná do sheodóir.

Bhí muid bliain le chéile nuair a chuaigh muid ar cuairt chuig an gceathrú hoileán Árann. B'in an t-oileán a tháinig ar an saol tar éis an chreatha talún. Chinn an rialtas pobal úr Gaeltachta a bhunú ann. Bhí airgead tugtha ag ceann de na comhlachtaí mór ola don rialtas mar íocaíocht as na cearta druileála sa cheantar. Tháinig an pobal úr ó chian agus ó chóngar, ach ó Chonamara go mór mór.

Ar ár gcéad oíche ann, chonaic mé Tríona ag obair sa mbeár. D'amharc sí i mo threo. Bhí sé a leathuair tar éis a naoi. Stad an clog ar feadh síoraíocht bheag. Ní raibh na lámha ag bogadh a thuilleadh. Ní raibh éinne sa phub ag bogadh. Bhí cuid acu ag breathnú orainn. Tá an íomhá den chlog agus den am sáite i mo chloigeann.

Bhraith mé go raibh mé imithe ar thuras chuig domhan eile. Bheartaigh mé é a choinneáil faoi rún. Ar ndóigh ní raibh sé faoi rún. Bhí an iomarca ann a chonaic an méid a tharla laistigh den soicind sin.

Bhí Tríona ag siúl amach le Pádraic an t-iascaire. Ní raibh mise ag iarraidh teacht salach air sin. Bhíodar i ngrá le chéile, beag beann ar thuras a leathuair tar éis a naoi. Bhí Máire in éineacht liom féin. Ní hin le rá go raibh muid i ngrá, áfach.

Roimh an tsaoire sin, bhí mé idir dhá chomhairle faoi phósadh. Tar éis dom filleadh, bhí mé cinnte nach raibh bealach na haltóra uaim, go fóill.

Fós féin, bheartaigh mé Tríona a dhíbirt as m'aigne. Mheas mé nach raibh sé ceart ná cóir ar Mháire. Dhírigh mé ar an obair i rith an lae. Rinne mé tréaniarracht réiteach níos fearr le Máire. Lá i ndiaidh lae ag iarraidh dearmad a dhéanamh ar thuras a leathuair tar éis a naoi.

Ní raibh mo chroí ann. Bhí sé fágtha i mo dhiaidh ar an oileán agam. Bhí macallaí ón oileán i mo chloigeann. Glór na n-éan, glór na farraige, glór na gaoithe agus glór daonna áirithe.

Ní raibh mé in ann cosc a chur leis na macallaí. Déanta na fírinne, bhí áit éigin ionam nach raibh mé ag iarraidh iad a dhíbirt. Nuair atá tú ag obair in oifig dhúr dhorcha chuile lá, tá sólás agus solas uait. Ní raibh mórán de sin ar fáil ón Roinn Straince. Ná ó Mháire ach an oiread.

Thosaigh mé ag taisteal i mo chloigeann. Ar ais chuig an oileán. Bhí neart solais agus sóláis ansin.

Bhraith mé go raibh mé ag fáil glaoch ar ais. Bhraith mé macallaí leanúnacha ag teacht trasna na tíre chugam ón oileán. Na faoileáin, na beithígh, asail ag grágaíl, an ghaoth ag séideadh ar an bhfarraige. Na tonnta ag briseadh ar na carraigeacha. Na srutháin faoi thalamh.

Bhí fuaim amháin a bhí níos ísle ná na fuaimeanna eile uilig. Guth Thríona. Chloisinn a guth gan choinne i rith an lae agus i rith na hoíche. Láithreach, bhíodh a híomhá ghealgháireach os mo chomhair amach ina steillbheatha.

Bhí sé níos éasca dul i ngleic leis an Roinn Straince i ndiaidh na físe sin. Thugainn an Roinn Straince air mar bhí strainc ar aghaidh na mbocanna móra ar fad. Bhraith mé go raibh strainc orm féin sách minic. Sílim go bhfuil sé tógálach.

Chuaigh cúrsaí idir Máire agus mé féin in olcas. In ionad a bheith ag ithe le chéile, bhí muid ag ithe a chéile. Faoi dheireadh, chríochnaigh sí é. Bhí an ceart aici. Go hiomlán. Ní raibh sé de mhisneach agam féin deireadh a chur leis. Bhraith mé go raibh mé freagrach as an aighneas eadrainn.

Tá sé deacair smacht a chur ar an gcroí. Rinne mé iarracht. Ach tá a toil féin ag an gcroí.

Ghlaoigh Máire orm sé mhí ina dhiaidh sin le rá go raibh sí ag dul ag pósadh. Shásaigh an leaid na bunchritéir. Bhí post maith buan aige i Roinn Straince eile. Bhí sé ar chéim níos airde ná mé féin, bhí tuarastal maith aige agus d'fhéadfadh sé páistí a thabhairt di. Ba leor sin.

Bhí mé saor, ach d'fhág sí bearna i mo shaol. Ní raibh sí feiliúnach domsa ná mise di. Fós féin, tar éis an méid ama a chaitheamar le chéile, mhothaigh mé uaim í. Uaireanta mothaíonn tú drochrud uait. Ní ag caint fúithise anois atáim ach faoin ngaol a bhí eadrainn.

Bhínn ag smaoineamh go minic uirthi. Go háirithe i rith na seachtaine a bhí sí ag dul ag pósadh. Cheap mé go mb'fhéidir go nglaofadh sí orm. Cén fáth? Chun slán a rá – nó b'fhéidir chun deis eile a thabhairt dom? Ní raibh aon chiall leis, ach cheap mé go raibh seans ann go bhfillfeadh sí. Thuig mé go raibh deireadh ceart linn tar éis lá na bainise.

Bhuail taom gruaime mé. D'fhan an scáil sách fada an babhta seo. Rinne sé nead domhain dó féin i m'aigne.

Chuaigh mé chuig an dochtúir faoi dheireadh. Rinne sé an gnáthscrúdú fisiciúil orm. Chuir sé cúpla ceist orm faoin dorchadas a bhí tite orm. Rinne sé a mhachnamh ansin. Ní fear mór cainte é ach oiread liom féin. Mise a bhris an ciúnas.

'Bhfuil tú chun taibléid a thabhairt dom?'

Chroith sé a cheann. Thug sé deis dom ceist eile a chur air. Choinnigh sé air ag breathnú orm. Choinnigh mé orm ag breathnú air. Faoi dheireadh labhair sé.

'Ní dhearna na taibléid aon mhaith domsa. Téigh ar saoire chuig áit chiúin. Áit éigin i bhfad ó do bhaile. Téigh amach ag siúl chuile lá beo.'

'Ach nach mbeadh sé cineál uaigneach in áit –' a thosaigh mé.

Níor thug sé deis dom críochnú.

'Ní raibh mé féin riamh uaigneach in aon áit chiúin. I measc comhluadair atá an t-uaigneas is measa.' Thosaigh sé ag scríobh agus é fós ag caint. 'Anois mura miste leat, tá scuaine fada amuigh . . . Is féidir leat íoc ar do bhealach amach.'

Bheartaigh mé filleadh ar an oileán.

Theastaigh uaim dul ann roimhe sin nuair a chuala mé gur bádh Pádraic. Mhothaigh mé an glaoch ar ais go tréan. Theastaigh uaim slán a fhágáil aige. Bhí an-mheas agam air bíodh is go raibh mé beagán in éad leis freisin. Ní bhfuair mé cead ó Mháire dul ann. Dúirt sí nach raibh gá leis.

Cheap sí go raibh mé ag tapú deise, is dócha.

Ach anois bhí Máire imithe uaim. Bhí sos ó Bhaile Átha Cliath uaim. Bhí comhairle faighte agam ón dochtúir dul ag siúl in áit chiúin agus leanúint ag siúl.

Bhí Micilín ag an gcéibh lena *jaunting car* an lá a d'fhill mé ar an gceathrú hoileán Árann. Bhíodh strainc ghéar air i gcónaí. Smaoinigh mé dá n-osclódh an Roinn Straince oifig ar an oileán bheadh an-seans aige jab a fháil. Bhí an bhuncháilíocht aige ar aon chaoi. Chuir sé na carachtair as ealaín Graham Knuttel i gcuimhne dom.

Shiúil mé suas bóthar na céibhe, fios agam go maith go bhfaca sé mé cé go raibh sé ag breathnú an treo eile.

Smaoinigh mé siar ar an oíche chinniúnach úd sa phub an bhliain roimhe sin. Bhí Micilín cóngarach dom sa phub an chéad oíche a bhí mé ann le Máire. Chonaic sé an ceangal idir mé féin agus Tríona. Mhothaigh mé a shúile orm.

Rinne mé cúpla iarracht cairdeas a chothú le Micilín. Bhí sé ag déanamh damhsa ar an sean-nós Tigh Threasa oíche dá raibh Sonny Choilm Learaí ag seinm ann. Tá cúpla steip agam féin. Nuair a scaoil Sonny bleaist ríleanna, chinn mé dul amach ar an urlár ag damhsa le Micilín.

Bhí olc ar Mhicilín láithreach. Ba léir go raibh sé ag iarraidh an urláir dó féin. Bhreathnaigh mé i dtreo Thríona. Bhí meangadh beag uirthi. An chéad rud eile, thit mé ar an urlár. Bhí Micilín tar éis cor coise a chur ionam. Lig sé air gur timpiste a bhí ann.

Lean sé féin air ag damhsa. Bhraith mé go raibh an eachtra cosúil le rud a tharlódh sa chearnóg sa Róimh ina mbíodh na *gladiators* ag troid. Bhí meangadh ar a aghaidh agus é ag breathnú anuas orm. Bhí rian den ghráin i gcroílár an mheangtha.

Mhothaigh mé tinn. Bhí saghas mearbhaill orm. I lár an mhearbhaill, tháinig cuimhne chugam ar an gcéad radharc a fuair mé ar Oileáin Árann, breis is scór bliain roimhe sin.

❧

Bhí mé cúig bliana déag an chéad uair a chonaic mé na hoileáin. Bhí mé ag taisteal ó Bhaile Átha Cliath go Cois Fharraige ar bhus ó ré na gcloch le seanfhógra ar a chúl: '*Scrios bóithre Chonamara an bus seo.*'

Níor thuig mé an bhrí a bhain leis ag tús an turais. Ach thuig mé é ag a dheireadh.

Bhí mé ar an mbealach chuig coláiste samhraidh.

Bhreathaigh mé amach an fhuinneog ar an mbáisteach leanúnach. Bhí spéir liath agus carraigeacha glasa romham a chuaigh chomh fada siar le radharc na súl. Bhí poill ar an mbóthar a chuir le luascadh an bhus. Bhí mé ag mothú tinn sula i bhfad.

Ag pointe ard ar an mbóthar cúpla míle siar an bóthar ón Spidéal, chonaic mé íomhá aisteach. Cheap mé go raibh tionchar ag an tinneas ar mo shamhlaíocht.

Tríd an bhfuinneog, chonaic mé bearna sna scamaill os cionn na farraige. Bhí cuid den ghrian ag lonradh anuas tríd an mbearna mar a bheadh spotsholas mór millteach dírithe ar na hoileáin. Bhíodar lasta suas sa chlapsholas, ach an fharraige mórthimpeall orthu fós dorcha.

D'fhás dhá bhogha báistí amach as na scamaill a leathnaigh os cionn na n-oileán. Bhí iontas orm. Ní raibh dhá bhogha báistí feicthe le chéile agam riamh roimhe sin. Bhí sé ar nós rud éicint as an apacailipsis. Shíl mé go raibh an Cruthaitheoir ag cleachtadh a chuid péintéireachta.

Bhog rud éicint ionam. Mheas mé gur bhain sé leis an tinneas. Ag an am céanna, mhothaigh mé tarraingt i dtreo na n-oileán. Mar a bheadh maighnéad mór dírithe orm. Saghas dúiseachta a bhí ann.

Dúirt an múinteoir ar an mbus linn go mbeadh muid ag taisteal amach chuig na hoileáin i rith an chúrsa. Bhí mé ag súil go mór leis an turas báid le linn na trí seachtaine a chaith muid i gConamara. Faraor, níor éirigh linn dul ann. Bhí drochaimsir leanúnach ann an samhradh sin.

Bhreathnaigh mé amach fuinneog an tseomra leapa go minic i rith na hoíche – trasna na farraige i dtreo na n-oileán. Mhothaigh mé an tarraingt chéanna i gcónaí. Beag beann ar an drochaimsir.

Bhí mé ag fanacht i dteach lóistín i mBaile na hAbhann i gConamara. Ach i lár na hoíche, in áit éigin i mo shamhlaíocht, bhí mé amuigh ar na hoileáin.

Bhí sé cosúil le *astral travel*. Éiríonn tú os cionn do choirp. Ansin breathnaíonn tú anuas ar do chorp agus ar cibé atá ag tarlú thíos fút. Tharla sé uair amháin dom cheana nuair a chuaigh mé faoi scian. Ba bheag nár cailleadh mé an t-am sin.

Tharla sé uair amháin eile. Dhá nóiméad ó shin. Is fíor an rud a deir siad. Téann do shaol os comhair do dhá shúil ag uair do bháis. Bhí sé sin cloiste agam cheana ó dhaoine a chuaigh gar don bhás.

Ní raibh mé ag súil go dtarlódh sé anseo ar an oileán. Ní raibh mé ag súil le himeacht ón domhan seo agus mé fós sna tríochaidí. Ní raibh mé in ann é siúd a rug orm a fheiceáil. Ach bhí a fhios agam. Bhí a fhios agam cé a bhí ag coinneáil mo chinn faoin uisce.

Fuair mé saghas réamhfhógra. Bhí an fógra inste i mbrionglóidí. Faraor, níor thuig mé na teachtaireachtaí a bhí i mbrionglóidí Mhaitiais agus Mháire Pheait Tom.

Bhain brionglóidí na beirte le Pádraic. Bhí sé tuairim is bliain ó bádh é. Bhí Maitias sách drogallach ag tabhairt aon eolas dom. Fear mór cainte é go hiondúil, ach ní raibh sé ag iarraidh labhairt faoina chuid brionglóidí. Ach, faoi dheireadh, d'inis sé dom fúthu. Dúirt sé go raibh mé féin le feiceáil in éineacht le Pádraic ina bhrionglóid.

An uair dheireanach a labhair sé liom, dúirt sé go raibh mé féin agus Pádraic inár luí ar an gcladach. Bhí gortú ar chúl chloigeann Phádraic. Bhí mo shúile féin dúnta agus mo aghaidh bán amhail is go raibh mé báite.

Is leor nod don eolach. Ach ní raibh mé eolach.

Dúirt Maitias go raibh Pádraic de shíor ag iarraidh rud éicint a rá leis sna brionglóidí eile. Bhí sé ag leagan a láimhe ar an ngortú ar a cheann agus ag rá rud éigin leis. Bhí sé ag caint i dteanga éigin dhothuigthe. Níor thuig Maitias céard a bhí á rá aige.

≫

Ba é Maitias a mhol dom dul go dtí an Dún le haghaidh na tochailte. An chéad uair a shiúil mé timpeall an Dúin, tharla rud aisteach do mo lámha. Bhí teocht agus fuinneamh cuisleach iontu. Bhraith mé go raibh mé ar shaghas minicíochta eile. Tháinig borradh faoin bhfuinneamh a bhí ag teacht ó mo lámha. Mhothaigh mé rud éigin éadrom ag éirí i mo bholg.

Ansin, go tobann, mhothaigh mé rud éicint fuar, aisteach. D'fhéach mé thart. Bhí Micilín ag stánadh orm ón áirse sa bhfalla. D'fhéach mé síos ar mo lámha a bhí sínte amach romham. Tháinig náire orm. Bhí an fuinneamh imithe uaim. D'imigh Micilín leis, an gnáthmheangadh aisteach sin air.

Bhí mé beagán trína chéile. Thosaigh mé ag siúl thart sa Dún arís ag iarraidh an fuinneamh a aimsiú. D'fhill cuid den fhuinneamh cé nach raibh an neart céanna leis.

Ar mo bhealach ar ais bhuail mé le madra Mháire Pheait Tom. Bhí rud éicint cearr lena anáil le tamall. Bhí sé ráite ag an tréadlia nach mairfeadh sé ach cúpla mí ar a mhéid. Shiúil sé anall chugam go mall, a cheann faoi. Leag mé mo lámh air le trua. Mhothaigh mé rud éicint ag imeacht uaim. Cosúil leis an rud a mhothaigh mé ag an Dún. Níor thuig mé céard a bhí ann seachas go raibh rithim nó sruth ag tosú i mo bholg, ag taisteal suas go dtí mo cheann agus ag rith amach trí mo lámha.

An lá ina dhiaidh sin bhí feabhas beag tagtha ar an madra. An lá ina dhiaidh sin arís, bhí sé feabhsaithe go mór. Seachtain ina dhiaidh sin, bhí a anáil i gceart arís agus bhí sé ag rith thart.

Tharla sé sin ag tús mo chéad turais chuig an oileán. Bhí Máire liom an t-am sin agus d'inis mé an scéal di. Dúirt sí go raibh an scéal aisteach. Mheas sí nach raibh aon bhaint agamsa leis an mbiseach a tháinig ar an madra. Ar ndóigh, ní raibh mé ag iarraidh aon chreidiúint as.

Tharla an leigheas i ngan fhios dom féin. Nílim cinnte go dtarlódh sé arís.

Chinn mé gan an scéal a insint d'éinne eile.

Shiúil mé féin agus Máire go dtí an Dún le chéile an tráthnóna céanna. Bíodh is go raibh amhras uirthi faoin leigheas, bhí sí fiosrach. Nuair a shroich muid an Dún, dúirt mé léi a súile a dhúnadh.

'Éist leis an gciúnas anois,' a dúirt mé léi.

Rinne sí amhlaidh ach go drogallach. Mhothaigh mé an fuinneamh ionam. D'oscail sí a béal go mall. Thuig mé láithreach go raibh sí ag mothú an fhuinnimh í féin – bhí sé mar a bheadh tonn ag dul uaimse chuicise agus ar ais. Thosaigh sí ag crith beagán. D'oscail sí a súile ansin agus shiúil sí go tapa uaim amach ón Dún.

'Céard atá ort?' a dúirt mé léi ag rith ina diaidh.

Níor fhreagair sí mé go dtí go raibh sí imithe píosa maith ón Dún.

'Creidim in aon Dia amháin,' a dúirt sí, faobhar ina guth.

'Ach b'fhéidir gurb in é an Dia céanna atá anseo,' a dúirt mé léi.

'Ní hé!' ar sise beagnach ag béiceach.

'Ní fhanann sé sa séipéal an t-am uilig, an bhfanann?' a d'iarr mé uirthi.

Níor fhreagair sí. Níor luaigh mé an fuinneamh léi arís, ná aon cheo a bhaineann leis na mistéirí.

An oíche sin chuaigh muid Tigh Threasa. B'in é an oíche a chonaic mé Tríona den chéad uair. D'fhéach sí i mo threo chun an t-ordú a thógáil uaim. Bhí sé cosúil le titim i néal. Bhí na sluaite thart timpeall orainn. Ach ní raibh ach beirt againn sa bhoilgeog sin i rith an chúpla soicind sin.

Bhí aithne dhomhain ar a haghaidh cé nár bhuaileamar le chéile riamh. Ansin mhothaigh mé rud éicint géar ar chúl mo mhuiníl. Chas mé thart agus bhí Micilín ag stánadh orm.

Nuair a tháinig mé ar ais leis na deochanna, bhí Máire ag caint le Pádraic. Bhí sí ag socrú turais sa húicéir go hInis Meáin. Dúirt Pádraic go dtiocfaidh a chailín, Tríona, in éineacht linn. Bhí idir eagla agus ghliondar orm.

Tar éis eachtra leathuair tar éis a naoi, chinn mé gan breathnú isteach i súile Thríona arís. An mhaidin ina dhiaidh sin bhí Tríona ag an gcéibh le Pádraic. B'in tús an chairdis idir an ceathrar againn. Cairdeas a d'fhás i rith na saoire.

Bhí an-chraic ag an gceathrar againn i rith an lae sin ar Inis Meáin. Shiúlamar i dtreo Cathaoir Synge agus timpeall an chósta ar feadh leathuair an chloig. Chaitheamar tamall inár suí ag breathnú trasna i dtreo

Inis Mór. Ansin chuamar timpeall ar imeall na n-aillte. Bhí radharcanna draíochta le feiceáil. Is breá liom na haillte cé go mbíonn saghas faitís orm rompu scaití.

Bhí mé ag breathnú orthu arís inniu ar an gcladach. B'iad na haillte an rud deireanach a chonaic mé sular leagadh mé. Ní raibh a fhios agam cé a rinne é, ach bhí tuairim mhaith agam. Bhrúigh sé mo cheann faoin uisce. Bhí deis agam anáil amháin a ghlacadh.

Agus mo cheann faoin uisce thuig mé an míniú a bhí ag Maitias ar an mbrionglóid. Tháinig tuiscint chugam. Ach bhí sí ródhéanach.

## 2. Scéal Mhicilín

Níl a fhios agam cén fáth ar tháinig an strainséir chuig an oileán. Ní bhfuair sé cuireadh ó éinne ón oileán. Cinnte ní bhfuair. Is cuimhin liom an chéad lá a tháinig sé anseo lena cailín. Straois air – amhail is go raibh sé ag magadh fúinn. Ag bualadh bleide ar Mhaitias ar an gcéibh. Ag lorg eolais faoin oileán. Eolas fúinne.

Dúirt sé linn gur theastaigh uaidh dul ag tochailt. Gur seandálaí é. Agus na ceisteanna! Bhí sé chomh fiosrach. Nuair a chríochnaíodh sé ag tochailt sa chré, thosaíodh sé leis an tochailt sa phub.

Dúirt mé leis go raibh boladh an ghéidéara uaidh. Ar ndóigh, ní chuirfeadh an géidéara féin an méid sin ceisteanna ort.

D'éirigh sé cairdiúil le mo leathbhádóir, Pádraic Mháire Pheait Tom. Bhí Pádraic geallta le Tríona faoin am sin. Théidís amach i mbád Phádraic, an ceathrar acu. Bhínn ag breathnú orthu ón gcaladh. Bhíodh an strainséir ag breathnú ar Thríona. Bhíodh. Bhí a chailín féin aige agus é ag breathnú ar Thríona s'againne.

Bhí sé ag ligint air gur thuig sé chuile rud faoin oileán

tar éis cúpla lá ag tochailt. Ní thuigeann an strainséir saol an oileáin. Ag iarraidh bean ón oileán a mhealladh. Ag cur oilc orainn lena chuid ceisteanna.

Bhí sé ag déanamh cur síos ar an tseandálaíocht agus clocheolaíocht oíche amháin sa phub. Ar deireadh thiar, bhris ar m'fhoighid.

'Táimid tinn ag éisteacht le do chuid raiméise. Níl tú ach cúpla lá anseo agus tá tú de shíor ag caint agus ag ceistiú daoine. An bladar céanna faoi do chuid seandálaíochta agus clocheolaíocht agus cibé bodeolaíocht eile.'

'Céard . . . ?' a dúirt sé.

'Céard! Nach raiméis é uilig!' a dúirt mé leis. Chuir sé sin stop leis. Ar feadh tamaill ar aon chaoi.

D'imigh sé faoi dheireadh ar nós chuile rud olc. Ach tháinig sé ar ais ar nós drochbholaidh. Bliain tar éis bhá Phádraic. Ní raibh a chailín leis an uair seo. Is cosúil gur thréig sí é, ní nach ionadh. Thuig mé céard a bhí ar siúl aige. Bhí a bhean imithe agus bhí sé ar an *rebound*. Ag dul i dtreo Thríona. An modh díreach.

Mheas mé go raibh sé aisteach ón gcéad uair a chonaic mé é. Bhí sé imithe in olcas an dara babhta a tháinig sé. Bhí mé taobh thiar den bhfalla ag éisteacht leis an gcomhrá idir é agus Maitias thuas ag an Dún. Dúirt sé go raibh sé in ann na carraigeacha a chloisint ag caoineadh ag an gcladach: go raibh siad ag iarraidh rud éicint a rá leis. Agus go raibh na sruthán ag canadh go brónach faoin talamh. Anois! Nach raibh sin aisteach?

Chuir sé an-spéis sna brionglóidí a bhí ag Máire Pheait Tom faoina mac Pádraic. Mheas Máire Pheait Tom go raibh íomhá nó spiorad Phádraic ag teacht chuici ina cuid brionglóidí – ag iarraidh rud éicint a rá léi. B'in a dúirt sí.

Níor thuig sí céard a bhí Pádraic a rá léi. Ar ndóigh bhí sí fós trombhuartha i ndiaidh a mic, an bhean bhocht. Idir é sin agus a haois, ní nach ionadh go raibh an chiall ag imeacht uaithi.

Thosaigh an strainséir ag cur tuilleadh ceisteanna uirthi. Faoi shonraí na mbrionglóidí agus faoi Phádraic féin. Cheapfá go mbeadh níos mó measa aige uirthi. Níor bhain a leithéid leis an strainséir. Bheadh a fhios ag éinne le ciall ar bith nár chóir a bheith ag cur isteach ar an mbean bhocht agus í cráite.

Dúradh liom go raibh sé ag cur ceisteanna ar Mhaitias agus ar dhaoine eile ar an oileán faoin timpiste. Chuir mé ceist air féin sa phub.

'An bhfuil sé sin ag cur isteach ort?' a dúirt mé agus mé ag cuimilt mo shróine.

Níor thug sé aon fhreagra orm. D'éirigh mé ón stól agus shiúil mé anonn chuige.

Chuir mé an cheist air arís. 'Bhfuil do shrón ag cur isteach ort, a strainséir?'

Shiúil sé uaim amach an doras. Bhreathnaigh mé amach an fhuinneog ina dhiaidh. Bhí sé ag siúl i dtreo an Dúin.

Chaitheadh sé roinnt mhaith ama thuas ag an Dún céanna. Lean mé é scaití go bhfaighinn amach céard a bhí ar bun aige thuas. Bhí mé in ann é a fheiceáil trí pholl sa bhfalla.

Dhéanadh sé an rud céanna i gcónaí. An cor deiseal. Shiúladh sé timpeall an fhalla taobh amuigh cúpla uair, a lámh dheas leis an bhfalla, é ardaithe beagán, amhail is go raibh sé ag beannú duine nó rud éigin.

Shiúladh sé isteach sa Dún ansin. An rud céanna arís istigh ach é ag siúl an bealach eile, a lámh dheas fós ardaithe leis an bhfalla. Anois, nach raibh sé sin aisteach? Ní bheadh a fhios agat cén saghas oibre a bhí ar bun aige ná cén toradh a bheadh air.

Dúirt sé gur tháinig sé ar ais chuig an oileán le haghaidh leighis. A leithéid de chac!

Bheadh a fhios ag éinne céard a bhí uaidh. Bhí sé ag iarraidh Tríona a mhealladh. Bhí sé ag iarraidh fáil isteach ina cuid *knickers*. Ag iarraidh fáil isteach sa phub a bhí ag dul di. Ionas go bhféadfadh sé an chuid eile dá shaol a chaitheamh gan tada a dhéanamh seachas tochailt.

Sin é an fáth gur tháinig sé ar ais anseo lena bhéal bocht. Ag rá gur thréig a chailín é chun duine eile a phósadh. Ag déanamh comhbhróin le Tríona mar dhea. Ag insint di go raibh an méid sin bróin air faoi bhás Phádraic bhoicht. Ag claonadh a ghualainne chuici chun deis caointe a thabhairt di – ionas go mbeadh sé in ann a lámh a chur timpeall uirthi sa chúinne sa phub.

Bhí mé cinnte go mbeadh an lámh chéanna ag sleamhnú síos níos déanaí ar an mbealach abhaile.

Bhí an t-iompar sin sách dona. Ach thosaigh sé ag tochailt arís. Ag cur tuilleadh ceisteanna ar Mháire Pheait Tom agus ar Thríona faoi na brionglóidí agus a thuairimí fúthu. Cheapfá go mbeadh tuiscint aige go raibh an bheirt acu fós cráite tar éis bhás Phádraic.

Céard is féidir liom a rá faoi Thríona? Tá aithne againn ar a chéile ó bhí muid an-óg. Bhí spraoi inti i gcónaí. Dhéanfadh sí rud ar bith le haghaidh an chraic. Bhí sí dathúil ó bhí sí ina déagóir. D'éirigh sí níos áille fós thar na blianta. Níor thuig sí riamh go raibh sí chomh dathúil sin. B'in an nádúr a bhí inti.

Mise a mhol di cur isteach ar chomórtas Pheigín Leitir Móir. Mise. Cé go raibh sí ag siúl amach le Pádraic faoin am sin. Ní raibh súil aici go mbuafadh sí an corn. Bhí sí sásta cur isteach air le haghaidh an chraic. Bhí mé féin den tuairim go raibh an-seans aici. Tá áilleacht go smior inti. Is bean an-dathúil í, ach tá croí agus spiorad álainn aici in éineacht leis sin. Bhí an áilleacht ag lonradh inti an oíche sin.

D'imigh mé féin agus Pádraic sa húicéir léi go luath maidin lá an chomórtais. Bhí sí go maith ag láimhseáil báid. Ní raibh leisce uirthi riamh faoi aon saghas oibre, bíodh sí sa bhád, sa phub nó ag obair ar choistí deonacha an oileáin.

Tháinig muid i dtír thart ar mheán lae. D'fhág muid

an bád ag Caladh Thaidhg ar an gCeathrú Rua i ngar do thrí húicéir eile a bhí ann ag an am: an *American Mór*, an *Tony* agus an *Cailín Báire*. Na báid mhóra chéanna a chonaic mé go minic ar an bhfarraige ag rásaíocht agus a thugadh móin chuig na hoileáin tráth. Shiúil muid chomh fada le tábhairne an Réalt le haghaidh greim le n-ithe.

I ndiaidh an bhéile, shiúil muid siar agus síos an Bóthar Buí chomh fada le Trá an Dóilín. Trá órga álainn. Ní raibh mórán cainte eadrainn ann. Bhí muid ag sú isteach an radhairc álainn amach uainn go dtí go raibh sé in am imeacht.

Bhí Óstán na Ceathrún Rua pacáilte le cailíní ó chuile áit i gConamara: Carna, Leitir Móir, Leitir Fraic, an Spidéal, an Máimín, Tír an Fhia, Béal an Daingin, na Mine – chomh fada ó thuaidh leis an gClochán fiú. Neart ceoil agus amhránaíochta. Tómas Mac Eoin thuas ar stáitse ag bleastáil amach 'Peigín Leitir Móir'.

Bhí muid uilig ag *jive*áil. Bhí Tómás Jimí féin thuas ar stáitse ag *jive*áil leis an micreafón. An-*action* ó Thomás Jimí an oíche chéanna, é beannaithe i measc na mban – na Peigíní uilig.

Nuair a tháinig am an toraidh, bhí muid ar fad ar bís. Seán Bán Breathnach thuas ar an stáitse, an clúdach á oscailt aige go mall, ag breathnú ar an gcárta istigh, ag breathnú orainn, agus ansin ag breathnú ar ais ar an gcárta ina lámh. Ag neartú an teannais. Bhí iriseoirí ó TG4 agus Raidió na Gaeltachta ann, iad féin uilig ar bís.

Nuair a d'fhógair sé an toradh faoi dheireadh, bhí cúpla soicind ciúnais ann. Tríona? Tríona Ní Chonghaile? Ansin thosaigh mé féin is Pádraic ag béiceach, ag damhsa le chéile agus ag gáire. Bhí Tríona ag gol. An Peigín is áille i measc na bPeigíní áille eile. Seoid an oileáin. Banríon Chonamara agus na n-oileán.

Chuir muid glaoch ar Tigh Threasa leis an dea-scéala a thabhairt dá máthair. Bhí na meáin bailithe timpeall orainn ag iarraidh roinnt grianghrafanna agus cúpla focal uaithi. Tar éis sin, bhí cúpla *brandy* againn triúr sa bheár.

Bhí Johnny Phádraic Pheter Connolly istigh sa bheár ar an mbosca. Scoth an cheoil uaidh mar is iondúil. Rinne mé cúpla steip mé féin. Bhí cúpla *brandy* eile agam ina dhiaidh sin. D'fhéadfadh oíche go maidin a bheith againn. Ach bhí orainn filleadh am éigin.

D'fhág muid Caladh Thaidhg am éigin go maith tar éis meán oíche. Bhí muid leath ar meisce, idir ól agus ríméad. Níl a fhios agam cén chaoi ar stiúraigh muid an bád. Sílim go bhfuair sí a bealach féin abhaile. Lean muid ag ceiliúradh ar an húicéir. Ag canadh is ag cumadh véarsaí barrúla ar Pheigín Leitir Móir.

Ach bhí oíche níos fearr fós romhainn.

Bhí seacht dtine chnámh lasta i leathchiorcal mór thart ar an oileán agus muid ag teacht i dtír. Bhí sé ar nós brionglóide. B'iontach an radharc é agus muid ag teacht i dtír. Bhí *crowd* mór ag an gcéibh. Chuile dhuine beo ón

oileán ag iarraidh comhghairdeachas a dhéanamh le
Tríona.

Fuair mé féin póg uaithi. An phóg ba mhilse a fuair
mé riamh. Rinne mé dearmad glan ar na sluaite. Bhí a
beola chomh bog, an phóigín féin cosúil le fíon ón
Spáinn, salann na farraige fós ar a béal.

Bhí fonn orm ceann eile a fháil. Ceann a mhairfeadh
cúpla soicind eile. Sin an méid a bhí uaim. Ach bhain
Pádraic uaim í. D'imigh siad leis na sluaite suas an bóthar.
Ní raibh gá leis sin. Nach raibh mé tar éis an t-aistear ar
fad a dhéanamh go dtí an Cheathrú Rua agus ar ais leo?
Ní raibh uaim ach póigín eile.

Bhí oíche go maidin againn Tigh Threasa. Cheapfá
go raibh Craobh na hÉireann buaite ag an oileán. Bhí
chuile dhuine beo ón oileán istigh ann ag damhsa agus
ag ceiliúradh. Bhí Tríona féin sa mbeár ag tarraingt
piontaí. Í fós ag obair an oíche a bhain sí an duais mhór.
B'in í Tríona. Seoid an oileáin.

Bhí mé féin agus Tríona cairdiúil tráth. Bhí muid gar
do bheith an-chairdiúil. Ach sciob Pádraic uaim í. Sin é.
Sin é an saol.

## 3. Scéal Phádraic

Mise Pádraic an t-iascaire. Chaith mé mo shaol ar an oileán. Cónaím sa bhfarraige anois. Bhí mé i ngrá leis an bhfarraige ó bhí mé an-óg.

Dúirt na seandaoine go raibh cosa scamallacha agam. Bhí mé in ann snámh sula raibh mé in ann siúl. Bhínn sa churach le mo dhaid ó bhí mé trí bliana d'aois. Mura mbínn leis-sean, bhínn ag feitheamh leis ag an gcéibh. Sin é an chaoi a bhfuair mé m'ainm. 'Cara na mara'.

Tuairim is bliain ó shin, d'imigh mé amach sa churach le mo leathbhádóir, Micilín. Lá breá gréine i lár mhí Dheireadh Fómhair a bhí ann. Níor thuig mé an mhaidin sin gurbh in é mo lá deireanach ar talamh. Chuaigh mé go dtí an fharraige go deo an lá sin.

Rinne siad tréaniarracht teacht ar mo chorp i ndiaidh dom imeacht. Chaith siad mí ag cuardach. Bhí na tumadóirí i ngar dom go minic ach ní fhaca siad mé. Rinne mé roinnt iarrachtaí glaoch orthu. Faraor, níor tháinig aon fhuaim uaim.

Nuair a bhí seachtain imithe gan toradh, bheartaigh siad éirí as. Agus iad ag imeacht ar an lá deireanach, bhí mé ag screadaíl. Screadaíl an tosta ón tost. D'amharc an tumadóir deireanach thart. Bean a bhí ann. Bean dhathúil. Faoi dheireadh, d'aithin mé í trí na spéaclaí farraige. Tríona. Tríona mo mhíle stór.

Dúirt mé a hainm. Níor chuala sí mé. Thosaigh mé ag screadaíl. Ach ní raibh sí in ann mé a fheiceáil. Bhí mé in aice léi. Chuala sí an scread. Ach níor chreid sí nuair nach bhfaca sí.

D'eagraigh muintir an oileáin lá cuimhneacháin dom ag deireadh na míosa. Bhí seirbhís sa séipéal acu ar maidin. Tháinig chuile dhuine ón oileán. Mé féin ina measc. Bhí spéis agam mo shochraid féin a fheiceáil. Ar ndóigh ní raibh mo chorp ann. Cén dochar. Bhí mé féin ann.

Bhí an séipéal pacáilte. Ceol álainn idir amhránaíocht agus phíobaire aonair. Cuireadh críoch leis an an tseirbhís leis an bhfonn is ansa liom, 'Inis Oírr'.

D'éalaigh macallaí cheol an phíobaire amach doirse oscailte an tséipéil trasna na farraige.

Ansin chas Tríona stéibh den amhrán céanna ina haonar, gan tionlacan. Chas sí é go paiteanta:

'Inis Oírr, in Inis Oírr, ní raibh eolas agam ar fhaitíos
Ná ar aon dólás a stopfadh gáire
Go dtí an lá duairc úd nuair a sheol mo ghrá uaim
Tháinig scamall ar an ngrian 's é dorcha ina dhiaidh.'

Bhí chuile dhuine ag caoineadh. Mé féin ina measc.

D'fhan mé thart i ndiaidh na seirbhíse ag éisteacht leis an gcaint. Bhíodar ag rá go raibh mé i ngrá leis an bhfarraige agus an fharraige i ngrá liom; gurbh in é an fáth gur sciob sí di féin mé. Rinne mé iarracht labhairt le cuid acu.

Theastaigh uaim a rá leo go raibh an méid a dúirt siad spéisiúil agus cineálta. Theastaigh uaim a rá leo nach raibh an scéal iomlán acu faoin lá sin.

Rinne mé cúpla iarracht é sin a mhíniú dóibh. Faraor, níor tháinig aon fhocal uaim, mar a tharla sa bhfarraige nuair a bhí na tumadóirí ag cuardach.

Ina dhiaidh sin d'imigh siad uilig chuig an aon phub atá ar an oileán, Tigh Threasa. Ó theach pobail amháin chuig teach pobail eile. Bhí ceol den scoth ann. Dúirt siad go dteastódh a leithéid uaim. D'fhág siad mo chathaoir folamh in onóir dom. Shuigh mé ann in aice le Tríona. Go dtí gur shuigh Micilín ann. Bhí orm imeacht go dtí an cúinne ansin.

Bhí daoine ag déanamh comhbhróin le Tríona agus Micilín de bharr go raibh a leathbhádóir caillte acu beirt. Bhí na rudaí a bhí á rá acu fúm agus faoi mo shaol an-deas. Bhain sé sin tuilleadh deor uaim. Níl a fhios agam an raibh mé chomh deas is a bhí siad a rá. Mar sin féin ba dheas uathu é.

Bhí oíche go maidin acu ina dhiaidh sin. Tórramh gan chorp a bhí ann. Chas Tríona 'An Mhaighdean Mhara' in onóir dom. B'in amhrán a chasainn féin chuile oíche Shathairn Tigh Threasa thar na blianta. D'fhill mé ar an bhfarraige timpeall a sé a chlog ar maidin.

Bhí comóradh eile acu thart ar bhliain ina dhiaidh sin. Tríona a d'eagraigh é. Tháinig an strainséir ar ais thart ar an am sin. Bhí Micilín agus daoine eile ag rá nach raibh sé ceart ná cóir ag an strainséir a bheith i láthair ag a leithéid d'ócáid. Gur ócáid phríobháideach do mhuintir an oileáin a bhí ann. Go raibh sé ag caitheamh an iomarca ama le Tríona agus í fós trombhuartha.

Ar ndóigh, bhí sé cairdiúil léi agus liomsa ón gcéad uair a tháinig sé.

Téim ar ais chuig an seisiún ceoil fós chuile Aoine. Nílim chun an nós sin a athrú de bharr go bhfuilim marbh. Is é an trua nach féidir liom amhrán a chasadh a thuilleadh. D'fhéadfainn amhrán a chasadh fós. Ach ní chloisfeadh éinne mé. Seachas Maitias b'fhéidir.

Rinne mé iarracht amhrán a rá uair amháin. Thuig mé gur chuala Maitias rud éicint nuair a thosaigh sé ag casadh in éineacht liom. Chuir siad amach é de bharr gurb é m'amhrán féin a bhí á chasadh aige.

Casaim cúpla stéibh corruair thuas ag an Dún. Go háirithe nuair a bhíonn an strainséir ag déanamh an choir dheisil. Níor chuala sé ach rian den mhacalla ag teacht ar ais ó na haillte. Ach mhothaigh sé go raibh mé ann.

Ar bhealach táim pósta leis an bhfarraige anois. Táimid nasctha le chéile. Ní hé seo an deireadh a bhí uaim. Ní hé. D'imigh mé roimh m'am. Táim uaigneach anseo. Fíoruaigneach. Níl comhluadar agam anois seachas na ronnaigh, na gliomaigh agus na maighdeana mara. Tá siad cairdiúil cinnte. Ach ní bhíonn mórán le rá acu.

Sin é an fáth go dtéim ar ais chuig an oileán san oíche. Téim ar cuairt chucu ina gcuid brionglóidí. Iad siúd atá oscailte dó. Daoine ar nós mo mháthair, Máire Pheait Tom, Tríona, an strainséir agus Maitias. Ceapann cuid mhaith de mhuintir an oileáin gur amadán gan chiall é Maitias. Tá dul amú orthu. Tuigeann sé go leor. Mothaíonn sé tuilleadh.

Téann an strainséir chuig an Dún sách minic. Go háirithe san oíche. Téann sé ann de bharr go bhfuil fuinneamh speisialta ann. Tá macallaí ár sinsear le cloisteáil ann. Agus tá uaigneas domhain le brath ann. Tagann cuid mhaith de sin uaim féin.

Cé nach bhfeiceann an strainséir mé, mothaíonn sé an t-uaigneas. Tá nasc idir an brón atá ionam féin agus an brón atá airsean. Mothaíonn sé é de bharr go bhfuil sé oscailte. Cloiseann sé an caoineadh scaití. Ach ceapann sé gurb iad na faoileáin is cúis leis.

Ar dtús níor thuig sé céard a bhí ag tarlú. Chonaic sé mo scáil ar feadh soicind. Níor chreid sé an méid a chonaic sé. Ní raibh sé in ann tada eile a fheiceáil dá bharr.

Ach mothaíonn sé an brón domhain atá ag éalú uaim ar nós cuisle mall. Tá sé ar nós na dtonnta atá ag briseadh go leanúnach ar an trá. Dá bharr sin, tuigeann sé cuid den scéal. Cuid bheag. Tuigeann sé go bhfuilim ag iarraidh teachtaireacht a thabhairt dó. Tuigeann sé go bhfuil tuilleadh le hinsint faoin lá sin. An lá a d'fhág mé an saol.

Bím de shíor ag iarraidh labhairt leis aon uair a thagann sé chuig an Dún. Is trua nach dtuigeann sé teanga na marbh. Tá sé ag obair i roinn stáit ina bhfuil go leor acu marbh. Ní bheidh siad siúd beo go dtí go mbeidh siad marbh.

Bhí mé ag iarraidh dhá theachtaireacht thábhachtacha a thabhairt do Chiarán. Baineann an chéad teachtaireacht liomsa agus an dara teachtaireacht leis féin. Is é an tarna ceann ná go bhfuil sé i mbaol. I mbaol a bháis.

Tá imní orm faoi. Agus cúis mhaith agam.

Bhí mé ag iarraidh a mhíniú dó go raibh sé i mbaol marfach. Go gcaithfidh sé a bheith fíorchúramach – sin nó beidh an deireadh céanna leis is a bhí agamsa. Faraor, níor thuig sé chomh gar is a bhí an dorchadas dó.

Chonaic mé nach raibh an strainséir ná mo mháthair in ann mé a thuiscint. Bhí mé ag iarraidh labhairt le Maitias ansin. Ní thuigeann Maitias na brionglóidí go hiomlán ach oiread. Ach tá a thuiscint ag méadú. Tuigeann sé go bhfuil an rún mór atá aigesean agamsa freisin.

Níl bearna mhór idir beo agus marbh. Níl ann ach mar a bheadh fial. Is fial tanaí é. Tuigim féin é sin. Ach ní thuigeann formhór na mbeo é. Ní thuigeann ach cuid bheag acu é.

Bhínn ag tabhairt cuairteanna rialta ar Thríona i ndiaidh mo bháis. Bhí sí fíorbhrónach ar feadh tréimhse fhada.

Mhothaigh mé an brón nuair a bhí mé amuigh sa bhfarraige. Thagainn ar ais chuig an oileán ag iarraidh faoiseamh a thabhairt di. Ní dhearna mé aon mhaith. D'éiríodh sí níos measa nuair a bhínn léi. Dhéanainn iarracht mo lámh a chur timpeall uirthi. Thosaíodh sí ag caoineadh ansin. Amhail is gur mhothaigh sí go raibh mé ann. Deirinn:

'Caithfidh tú labhairt le duine éicint faoi, a stór. Caithfidh tú é a phlé . . .'

Ach ní raibh sí in ann mé a chloisteáil. Deireadh sí agus í ag caoineadh: 'Dá bhféadfainn é a fheiceáil ar feadh nóiméad amháin . . . soicind amháin fiú . . .'.

Agus an t-am ar fad le linn di a bheith ag caoineadh, bhínn i mo shuí in aice léi ag iarraidh sólás a thabhairt di.

Thosaínn féin ag gol ansin. Thosaínn ag guí go bhféadfadh sí mé a fheiceáil ar feadh soicind. Go dtuigfeadh sí.

Paidreacha in aisce. Bhí mo chreideamh ag imeacht uaim. Ní bhfuair mé an toradh a bhí uaim. Faoi dheireadh fuair mé toradh a bhí níos fearr ná an ceann a bhí uaim. Rith sé liom go bhféadfainn bualadh léi ina cuid brionglóidí go rialta agus ar feadh i bhfad níos faide ná soicind. Bhí ríméad orm.

An chéad uair a bhuail mé léi, bhí sí ag siúl ar an taobh ó dheas den oileán. Ina brionglóid ar ndóigh. Baineadh siar aisti nuair a chonaic sí mé. Ba bheag nár dhúisigh sí. Thug mé barróg ó chroí di. Bhí an bheirt againn ag caoineadh ar feadh tamaill. Ní raibh aon chomhrá eadrainn. Ní raibh cead agam labhairt léi.

Lean mé orm ag bualadh léi. Ag iarraidh nod a thabhairt di. Nod faoi céard a tharla.

Bhí áthas orm nuair a d'fhill an strainséir. Bhí a fhios agam go gcabhródh sé léi. Sin é an fáth gur thosaigh mé ag glaoch air. Sin é an fáth go dtéim ar cuairt chuige ina chuid brionglóidí.

Bhí caidreamh aisteach aige le Tríona. Níor luaigh mé é riamh léi. Ach bhí a fhios agam faoi – bhí a fhios againn uilig faoi. Tá sé deacair a leithéid a cheilt.

Tar éis do Chiarán an t-oileán a fhágáil, chuala muid gur fhág a chailín, Máire, é. Seans gur eascair sé sin as an gcoibhneas idir é agus Tríona. Ní dhearna sé aon rud as bealach le Tríona – níor phóg said fiú. Ach déarfainn gur tharla go leor istigh sa chloigeann.

Ní raibh éad orm. Bhí iontas ar dhaoine nach raibh. Bhí beagán éada orm, b'fhéidir, ar dtús. Bhain sé cineál geite asam ag an am nuair a chonaic mé cé chomh nádúrtha is a bhí siad le chéile. Ach ní raibh mé buartha, mar bhí a fhios agam go mbeadh Tríona dílis dom. Mar a bheinnse di.

Réitigh mé go maith leis an strainséir. Bhínn ag caint leis faoin tseandálaíocht agus faoin gcraic thuas ag an Dún. Bhíodh sé ag caint faoin bhfuinneamh a bhí le brath ann. Bhínn ag piocadh as faoi. Ar ndóigh caithim féin go leor ama thuas ag an Dún anois i lár na hoíche. Tá fuinneamh ann cinnte. Tugann sé neart dom agus mé ar thuras na mbrionglóidí.

Deireadh Ciarán le Tríona go gcaithfidh go raibh maighdean mhara agamsa amuigh sa bhfarraige leis an méid ama a bhí mé a chaitheamh ann. Chasainn an t-amhrán 'An Mhaighdean Mhara' go rialta na laethanta sin.

Nuair a bhí mé i mo leaid óg, shamhlaigh mé go raibh maighdean mhara amuigh sa bhfarraige ag breathnú aníos orm. Fiú nuair a bhí mé i mo dhéagóir ag iascaireacht, bhínn ag breathnú amach di faoi dhromchla na farraige. Bím fós á tóraíocht. Anois go bhfuil cónaí orm sa bhfarraige, tá neart ama agam le haghaidh machnaimh agus le haghaidh tóraíochta.

Chasainn an 'An Mhaighdean Mhara' go minic Tigh Threasa i ndiaidh lá amuigh ar an bhfarraige. Is amhrán aonarach é. Sin é an fáth gur thosaigh mé ag foghlaim na bhfocal bíodh is gur amhrán Conallach é. Thaitin uaigneas an amhráin liom.

'Tá mise tuirseach agus beidh go lá
Mo Mháire bhruinneall 's mo Phádraic bán
Ar bharr na dtonnta 's fá bhéal na trá
Siúd chugaibh Mary Chinidh 's í ndiaidh an Éirne a
    shnámh.'

Mhothaigh mé i dtiúin leis an uaigneas sin. Cé go raibh
mé sona le Tríona, níor imigh an t-uaigneas uaim riamh.
B'fhéidir gur thuig m'anam an todhchaí a bhí romham.

Tá uaigneas aisteach ionam anois agus mé idir an dá
shaol. Ba bhreá liom imeacht ón liombó seo. Tá sé ar nós
príosún aonair.

Ach tá jab tábhachtach romham fós. Sin í an chúis go
bhfuil drogall orm bogadh ar aghaidh.

Bhí saol maith agam roimh an lá cinniúnach. Saol
gearr mar a tharla sé. Bhí grá agam do mo cheird. Togha
na sláinte agam. Geallta le bean álainn.

Bhí rud amháin nár éirigh liom a dhéanamh.
Theastaigh uaim i gcónaí tumadóireacht a thriail mar a
rinne Tríona. Rinne sí féin go leor de. Ar ndóigh,
caithfidh tú traenáil lena aghaidh sin, agus ní raibh
ranganna ar an oileán.

Thagadh na tumadóirí chuig an oileán chuile
shamhradh. Bhínn ag cur ceisteanna orthu ó bhí mé an-
óg faoi céard a bhí le feiceáil thíos. Theastaigh uaim é sin
a fheiceáil thar aon rud eile os cionn talún. Ba mhinic a
smaoinigh mé faoi dhomhan na farraige. Céard a bhí le

feiceáil síos go grinneall? Cén saghas éisc agus plandaí a bhí le feiceáil thíos i bhfad ó radharc na súl?

Caithfidh tú a bheith cúramach faoi na rudaí atá tú a iarraidh. Má tá tú ag guí go tréan ar son rud agus ag samhlú an ruda chéanna lá i ndiaidh lae – bhuel, tá seans maith go dtarlóidh sé ar bhealach amháin nó ar bhealach eile.

Tá neart ama agam le saol na farraige a fheiceáil anois. Tá chuile shaghas éisc ann idir bheag agus mhór. Plandaí agus glasraí na farraige uilig. Corr-sheanbhád a chuaigh go tóin poill.

Rinne mé go leor iascaireachta nuair a bhí mé beo. Deilfeanna, liamháin, ronnaigh, leathóga, bradáin – agus tuilleadh. D'ith mé go leor acu i rith mo shaoil. Níor cheap mé go mbeinn thíos anseo leo ar deireadh.

Níorbh é Micilín an duine deireanach a chonaic mé sular tharla sé. Le clapsholas. Bhí mé ar mo ghogaide sa churach ag tarraingt isteach na heangaí. Bhí sé lán le ronnaigh. Cheap mé go raibh Micilín ag déanamh an ruda chéanna taobh thiar díom.

Chonaic mé scáil thuas ar na haillte. An chéad rud eile tháinig an buille. Ba é an scáil an rud deireanach a chonaic mé sula raibh mé féin i mo scáil. Mhothaigh mé mé féin ag éirí. Bhí mé in ann mo chorp a fheiceáil ag dul faoin bhfarraige. Bhí an radharc a bhí agam an-chosúil leis an *astral projection* a raibh an strainséir ag caint faoi.

Bhí a fhios agam faoin am seo go raibh mé marbh.

Ach bhí mé fiosrach faoi cé a bhí thuas ar na haillte. Mhothaigh mé go raibh an chumhacht agam dul thar an bpointe sin ar mo bhealach suas. Dhírigh mé ar na haillte agus bhí mé ann i leathshoicind.

Bhí duine ann ina luí ar an talamh. Bhí sé ina luí agus a ghlúine tarraingthe suas chuig a ucht mar a bheadh féatas sa bhroinn – agus é ag luascadh ó thaobh go taobh. Bhí a lámha thar a aghaidh ar dtús. Ansin chuir sé a lámha thart timpeall air féin amhail is go raibh sé ag iarraidh barróg a thabhairt dó féin. Bhí a aghaidh chomh bán le taibhse ach teanntaithe i bpian ar bhealach aisteach. Thosaigh sé ag crith. Ba é Maitias a bhí ann.

Bhí a fhios agam ansin. Bhí a fhios agam go raibh a fhios aige. Chonaic sé é. Sin é an fáth go raibh a lámha thar a aghaidh aige tar éis é a fheiceáil.

Sin é an fáth go bhfuilim ag glaoch air de shíor i rith an lae. Sin é an fáth go leanaim ag glaoch air trína chuid brionglóidí san oíche. Gach re oíche ar dtús.

Chuile oíche anois. Seacht lá na seachtaine. Cúpla uair san oíche scaití. Sin é an fáth go bhfuil sé beagnach ag imeacht as a mheabhair.

Má tá an méid a tharla le teacht chun solais, is trí Mhaitias a tharlóidh sé. Ní bheidh síocháin agamsa ná aigesean go dtí go n-insíonn sé a scéal.

## 4. Scéal Mhaitiais

Mise Maitias. Chonaic mé rud éigin tráth. Ní féidir liom a rá céard é féin.

Ceapann muintir an oileáin gur duine le Dia mé. Bíonn drogall orthu labhairt liom dá réir. Dá mbeadh a fhios acu céard a chonaic mé. Dá ndéarfainn leo . . . déarfaidís liom . . . déarfaidís go raibh mé ag cumadh bréag.

Más duine le Dia mé, tá aithne agam ar dhuine eile, duine le diabhal.

Bím ag caint liom féin. Níl rogha eile agam. Coinníonn an chaint ag imeacht mé. Is fearr go mór an comhrá a bhíonn agam liom féin ná mar a bhíonn agam leo. Ní bhacann mórán acu liom ar aon chaoi.

Chuala mé iad ag rá go bhfuilim ag dul in olcas. B'fhéidir go bhfuil. B'fhéidir go bhfuil údar agam. Dá mbeadh a fhios acu cén t-údar. Ceapann siad nach mbím ag éisteacht leo. Cloisim go leor agus feicim go leor. Táim i bhfad níos cliste ná a bhformhór.

Chonaic mé rud éigin uafásach. Is trua go bhfaca mé é. Níor luaigh mé é le héinne – ach amháin leis na clocha sa Dún agus leis an bhfarraige. Chonaic an fharraige é ar aon chaoi. Ní haon scéal nua é sin di.

Ní féidir liom é a insint d'éinne beo. Ní chreidfeadh éinne mé. Tá sé ar m'aigne i gcónaí. Chuile lá beo.

Sin é mo rún. B'in é an dúshlán is mó atá agam i mo shaol. Is é sin ná srian a chur orm féin maidir leis an scéal sin. Ní feidir liom tada eile a rá faoi. Dá n-inseoinn an scéal do dhuine amháin, d'fhásfadh sé cosa beaga. Rithfeadh na cosa thart ar nós na gaoithe. Bheadh sé ag chuile dhuine. Aige siúd ina measc.

Gheofaí marbh mé ar an gcladach an lá dár gcionn.

Mothaím torrach leis an scéal scaití. Amhail is go bhfuil sé ag méadú istigh ionam i gcónaí. Sin é an príomhfháth go gcaithfidh mé labhairt liom féin. Phléascfadh an rún ionam murach go bhféadfainn labhairt liom féin faoi. Labhraim mo theanga féin liom féin. Ionas nach dtuigfidh siad céard atá mé a rá.

Ceapaim scaití go bpléascfaidh an rún ionam murar féidir liom é a insint do dhuine beo. É a insint do dhuine éicint seachas na haingle a thagann ag siúl an bhóthair liom. Téim chuig an Dún i lár na hoíche. Breathnaím thart ar dtús le cinntiú nach bhfuil éinne ann.

Ansin insím mo scéal do na fallaí.

I gcogar íseal.

Bhain an strainséir geit asam nuair a chonaic mé é ag an Dún. Bhí sé i lár an lae ar ndóigh seachas i lár na hoíche. Bhí a cheann claonta chuig an bhfalla amhail is go raibh sé ag éisteacht leis. Mhothaigh sé go raibh mé ann agus chas sé chugam. Tá an bua sin aige. Bíonn a fhios aige i gcónaí go bhfuil duine ag breathnú air fiú má tá a dhroim aige leis.

'Tá an lá go hálainn,' a dúirt mé leis.

'Tá. Ach tá rud éicint an-bhrónach anseo,' a d'fhreagair sé.

'Cén chaoi?' a d'iarr mé.

'Tá na clocha ag osnaíl,' a dúirt sé.

Chuir sé sin imní orm. Bhí mé ag ceapadh más féidir leis-sean sin a chloisint, beidh an rún aige uathu sula i bhfad. Níor chuir mé aon cheist air faoi céard a bhí na clocha a rá leis. Bhí faitíos orm é sin a dhéanamh ar eagla go bhfeicfeadh sé an t-ionadh i mo shúile. Bheadh a fhios aige go raibh fírinne san osnaíl agus go raibh eolas agam faoi.

Ach níor chuir sé aon cheist eile orm.

Is fearr liom Ciarán a thabhairt air ná an strainséir. Bhí meas agam air ón gcéad uair a tháinig sé anseo. Labhair sé liom. Ní beag é sin. Ní minic a labhrann éinne liom.

Is cuimhin liom an chéad lá a tháinig sé orm ar an mbóthar. Bhí mé i mbun comhrá le mo chairde atá imithe. Cheap mé nach labharfadh sé liom níos mó tar éis dó é sin a fheiceáil. A mhalairt a tharla. Thosaigh sé ag caint liom go rialta. Fiú amháin nuair a tháinig sé orm ag caint leis na haingil agus leis na naoimh.

Is cuimhin liom an chéad uair a chonaic mé é ag an Dún lena lámh amach roimhe casta i dtreo an fhalla mhóir. Thuig mé ansin go raibh sé beagán aisteach. Aithníonn ciaróg ciaróg eile.

Bhí cailín in éineacht leis an chéad uair. Bhí saghas measa aici air. Meas aici ar an múnla de Chiarán a bhí ina cloigeann seachas ar Chiarán féin.

Bhí siad ag siúl amach ar feadh bliana nuair a tháinig siad anseo. Ní raibh seisean ag teacht leis an múnla a bhí uaithi. Ach bhí sí ag obair air sin. Mar a chéile le go leor lánúineacha.

Ní raibh meas aici ar a chuid cainte faoi fhuinneamh an oileáin. Bhí sé féin ag iarraidh labhairt faoi. Ach d'fhreagraíodh sí é le tost agus strainc. Ghlac sé leis an nod agus d'éirigh sé as an gcaint sin.

Droch*mhatch* a bhí ann. De bharr go raibh post seasta aige agus de bharr nár ól sé, is dócha gur cheap sí go ndéanfadh sé cúis. Bheadh an múnla ceart aici tar éis tamaill. Feictear dom gurb in é dearcadh na mban. B'in dearcadh na mná seo ar aon chuma.

Mar a deir siad sa Bhéarla, nuair a thagann an t-am, tagann an fear. Nó an bhean. Sa chás seo ba í Tríona a tháinig isteach i saol Chiaráin. Bhí sí ag siúl amach le Pádraic. Ach bhí tuiscint dhomhain idir Tríona agus an strainséir ón lá a chasadar ar a chéile. Rud nádúrtha a bhain go dlúth leis an nádúr a bhí iontu beirt.

Ní raibh an caidreamh sin agamsa riamh le héinne –

fear ná bean. Ach tá na haingil agam. Tá caidreamh agam leosan, agus leis na mairbh. Bhuel, tá duine amháin atá marbh agus ní réitím chomh maith leis anois. Réitigh mé sách maith leis nuair a bhí sé beo.

Bíonn brionglóid aisteach agam go rialta le tamall anuas. Tá sé ag cur isteach go mór orm. Uaireanta ceapaim go bhfuil baol ann go rachaidh mé glan as mo mheabhair leis.

Bhí an baol sin ann i gcónaí, fiú sular thosaigh na brionglóidí. Ceapann go leor ar an oileán go bhfuilim ar an gcaoi sin cheana féin. Ní féidir liom a bheith ar aon bhealach eile. Sin é mo nádúr, agus mo chros.

D'impigh mé ar na haingil cabhrú liom leis an gcros sin. Nó ar a laghad go dtaispeánfaidís bealach éigin le fáil réidh leis na brionglóidí. An lá dár gcionn fuair mé cinéal freagra.

Thug mé cuairt ar Mháire Pheait Tom. Tá Máire sásta labhairt liom. Tugann sí comhairle mhaith dom scaití. Mhínigh mé sonraí na brionglóide di. D'iarr mé uirthi an mbíonn sí ag smaoineamh faoi Phádraic mórán. D'inis sí dom go mbíonn an bhrionglóid chéanna aicise is a bhíonn agam féin.

Ba mhór an sólás é sin. Ach níor chuir sé stop leis na brionglóidí.

Chreid mé ansin nach raibh mé imithe as mo mheabhair. Go fóill beag ar aon chaoi. Ar bhealach eile, chuir scéal Mháire Pheait Tom le hualach na brionglóide agus ualach mo rúin. Thuig mé nach brionglóid a bhí agam an lá sin a bhí mé amuigh ar na haillte. Bhí mé ag iarraidh ligint orm féin gurbh ea.

Bhí deacracht agam riamh breathnú ar Mhicilín. Mhéadaigh sé sin tar éis an lae ar na haillte. Tá rud aisteach ina shúile. Braithim go ngearrann siad trí mo chloigeann, ag iarraidh an méid atá ann a léamh. Bíonn a shúile ag cuardach, cosúil le dhá chú. Sin é an fáth go mbíonn drogall orm breathnú air. Tá sé ar nós Balor na súile nimhe ach amháin go bhfuil péire ag Micilín.

Tá a fhios ag beirt beo céard a tharla an lá a cailleadh Pádraic. Ceapann Micilín gur aige féin amháin atá an t-eolas sin. Is féidir go leor a fheiceáil ó na haillte ar an taobh ó thuaidh den oileán. Bhí mé ar mo bholg ansin ag breathnú amach an lá a tharla sé. Chonaic mé an méid a tharla sa churach. Chonaic mé chuile rud.

Is mór an trua go bhfaca. Táim ag iarraidh a chur ina luí orm féin le fada nach raibh mé i mo dhúiseacht. Bím ag rá liom féin de shíor nach bhfaca mé an méid a chonaic mé. Gur brionglóid aisteach a bhí ann. Ar nós na mbrionglóidí a bhíonn agam ó shin i leith.

Ar bhealach, chonaic Máire Pheait Tom é chomh maith. Ní raibh sí ann. Ach chonaic sí rudaí ina cuid brionglóidí. Cé nach bhfaca sí díreach an méid a tharla, tá sí tagtha ar thuiscint éigin. Dúirt sí go raibh Pádraic ag iarraidh rud éigin a rá léi. Bhí sé ina sheasamh amuigh ina staic sa bhfarraige. Bhí sé ar an taobh ó thuaidh den oileán. Bhí sé ag caint léi. Níor thuig sí a chuid cainte ná an bhrí a bhain leis.

Thuig mise é. Deir sé na rudaí céanna liomsa. I dteanga nach bhfuil ag éinne eile.

Nílim chomh craiceáilte is a cheapann siad. Bíodh is go bhfuil Pádraic marbh tá a spiorad beo i gcónaí agus tá sé fós linn. Ar ndóigh, tá sé thar am aige bailiú leis. Níl sé ar a shuaimhneas agus ní bheidh go dtí go mbeidh an rún amuigh. Cheapfá. B'fhéidir nach mbeidh sé ar a shuaimhneas fiú má thagann an scéal amach.

Sin cúis eile go bhfuil drogall orm labhairt faoi. Ní leor an scéal a insint. Ní chreidfeadh éinne mé. Ní thugann siad mórán airde ormsa ar aon chaoi.

Dá n-inseoinn mo scéal do dhuine nó beirt, bheadh tús ann. Agus b'fhéidir deireadh liom féin. Más eol do thriúr é, ní rún níos mó é. Scaiptear scéal go tapa anseo. Ní bhíonn chuile dhuine ag iarraidh na fírinne. D'fhéadfadh timpiste tarlú dom.

B'fhéidir nach mbeidh aon rogha agam ach é a insint. Tá an rún ag cur isteach níos mó orm anois ná riamh. Thosaigh mo cheann ag crith beagán tamall ó shin. Cheap siad go raibh Parkinsons orm. Chuaigh an crith in olcas agus chuaigh mé féin in olcas ar bhealaí eile.

Thosaigh mé ag caint liom féin níos minicí. Tháinig ardú ar mo ghlór. Bíonn meascán de ghlórtha ann scaití nach bhfuil cosúil leis na glórtha a bhí agam roimhe seo. Ina measc, tá glór amháin atá ar nós glór fir óig i bpian. An-chosúil le glór Phádraic ach le rud éigin aisteach tríd.

Cheap muintir an oileáin go raibh mé as mo mheabhair ar fad nuair a chuala siad an glór úd. Scanraigh sé cuid acu. Thosaigh siad ag rith uaim.

D'éirigh mé cúpla lá ó shin agus bhí mé sách dona. Bhí an crith i mo cheann níos measa agus bhí tinneas cinn aisteach ag dul leis. Is ar éigean a bhí mé in ann éirí. Shiúil mé go mall go dtí an Dún, ag lorg faoisimh. Tá nós agam dul chuig an Dún nó an reilig nó an cladach ag lorg faoisimh.

Bhí an strainséir ann romham. Bhí sé ag siúl timpeall istigh, a lámh ardaithe agus a bhos casta i dtreo an fhalla. An cor deiseal. Stop sé nuair a chonaic sé mé. Bhreathaigh sé orm gan focal a rá. Tháinig sé chugam agus leag sé a lámh ar mo cheann. D'imigh an crith uaim láithreach. Níor fhill sé ó shin.

Leigheas sé madra Máire Pheait Tom chomh maith.

Nuair a chonaic mé Ciarán sa bhrionglóid le Pádraic agus iad ag iomramh le chéile, bhí a fhios agam go raibh sé i mbaol. Ní raibh a fhios agam cathain a tharlódh an choir ná cén ait. D'iarr mé nod faoi ó na haingil. Dúradh liom go bhfaighinn nod ag an am cuí. Tháinig sé i bhfoirm brionglóide. Níor tháinig sé ag an am cuí.

## 5. Scéal Thríona

Mise Tríona Ní Chonghaile. Tríona Threasa mar a thugann siad orm. Is as an oileán mé ach nílim i mo chónaí ann. Tháinig muid araon ar an gcinneadh sin. Tá náire orm fúthu agus orthusan fúmsa. Mo mháthair ina measc. Ní dóigh liom go rachaidh mé ar ais. Choíche.

Bím in ísle brí faoi scaití. Go háirithe nuair a smaoiním siar ar na laethanta sona ann. Cuimhním ar an bhfáilte a chuir siad romham i ndiaidh chomórtas Pheigín Leitir Móir cúpla bliain ó shin. Nach mór idir inniu agus inné.

Bhí mo ghriangraf sna páipéir áitiúla an lá ina dhiaidh sin faoin gceannteideal 'Banríon na nOileán'. Lean an ceiliúradh ar an oileán ar feadh seachtaine.

Is cuimhin liom an turas ar ais ón gCeathrú Rua sa húicéir an oíche a tharla sé. An tríur againn – mise, Pádraic agus Micilín – ag gabháil fhoinn agus ag spraoi. Bhí gaoth taobh thiar dínn sa seol a thug luas dúinn ag filleadh.

Chonaic muid radharc draíochta trasna na farraige uainn nuair a bhí muid fós i bhfad ón oileán. Bhí dearglach ann. Nuair a chonaiceamar an radharc ar dtús, cheap muid go rabhamar á shamhlú. Bhí Pádraic ag cur ceiste orm an bhféadfainn an radharc céanna a fheiceáil, nó an é gur ól muid an iomarca.

Nuair a tháinig muid níos cóngaraí, chonaiceamar céard a bhí ann. Bhí an scéal faighte acu ar an oileán agus bhí seacht gcinn de thinte cnámh lasta acu.

Bhí sé tar éis an mheán oíche nuair a tháinig muid i dtír. Chuile dhuine beo ón oileán ag an gcéibh. Chuir sé i gcuimhne dom an t-am a tháinig lucht an Rás Volvo isteach go duganna na Gaillimhe i lár na hoíche. Bhíodar uilig ag tabhairt barróga agus póga dom. Bhí cúpla bairille pórtair curtha ann ag mo mháthair agus í ag tabhairt amach deochanna saor in aisce.

Bhí an t-oileán lasta le tinte cnámh – ceann ar an gcéibh, ceann thuas ag an Dún, ceann eile ar an tsráid taobh amuigh de theach tábhairne mo mháthar. Dúradh nach raibh a leithéid ann ó aimsir Ghráinne Ní Mháille, nuair a thug sí cuairt ar an oileán mór cúpla céad bliain roimhe sin.

Tharla rud éicint aisteach dom le Micilín an oíche chéanna. Bhí go leor branda ólta againn ar an gCeathrú Rua. Is cosúil gur éirigh an t-ól sa gcloigeann ann. Thug sé póg dom a lean rófhada. Ní raibh sé sásta mé a scaoileadh uaidh.

'Bhfuil rud éicint ort?' a d'iarr mé air.

'Ba mhaith liomsa a bheith ort,' a dúirt sé.

Phóg sé arís mé. Bhí a bhéal oscailte an t-am seo. Mhothaigh mé a theanga i mo bhéal. Chuir sé teanga cait i gcuimhne dom. Searbh agus garbh.

Tharla sé seo go tapa agus i ngan fhios do dhaoine eile. Níor thug éinne faoi deara é. Ach amháin Pádraic. Bhí sé ag caint le duine eile nuair a tharla sé ach bhí sé in aice liom i gceann soicind. Sciob sé thuas ag casán na céibhe mé leis na sluaite.

Níor luaigh éinne an eachtra ar an gcéibh ina dhiaidh sin. Níor thóg mé ar Mhicilín é. Ar ndóigh bhí sé ólta – ní dhéanfadh sé a leithéid mura mbeadh.

Bhí mé cairdiúil le Micilín ó bhí mé óg. Bhí mé gar go maith do bheith mór leis cúpla uair. Fuair mé fógra ó áit éicint ionam gan dul an bealach sin. B'fhéidir gurbh é m'aingeal a thug an nod dom. Bíonn an t-ádh liom ar an gcaoi sin.

Tar éis bhás Phádraic, bhí Micilín an-mhaith dom. Bhí sé sásta éisteacht liom i gcónaí nuair a bhuaileadh taom cumha mé. Bhí mé ag éirí cairdiúil leis. Bhí mé ag smaoineamh faoi dul sa tseans leis beag beann ar an rabhadh a fuair mé blianta roimhe sin. Níl rud níos measa ná an t-uaigneas le duine a chur soir. Go háirithe in áit aonarach ar nós oileáin.

Bhí mo mháthair ag iarraidh mé a spreagadh chun dul leis anois. Bhí mé ag smaoineamh faoi ghlacadh lena comhairle. Go dtí seo, bhí mé ag fanacht go dtiocfadh corp Phádraic i dtír. Nó fiú go bhfillfeadh sé ar ais beo.

Ní raibh aon chiall ansin. Thuig mé anois nach mbeadh Pádraic ag filleadh.

Bhí drogall beag orm fós dul le Micilín. Bhí dúil aige san airgead agus san ól. Mhothaigh mé go raibh dúil aige sa phub a bheadh agam lá éigin. Sheas an eachtra ar an gcéibh i mo chuimhne, bíodh is go raibh sé ólta.

Dá gcuirfeá ceist orm an oíche a bhain mé comórtas Pheigín Leitir Móir cén áit a mbeinn inniu, ní bheadh agam ach freagra amháin. Déarfainn go mbeinn pósta le Pádraic agus clann tosaithe againn.

Níl a fhios ag éinne céard atá roimhe. Fiú má cheapann tú go bhfuil cinnteacht agat faoi do thodhchaí ní bhíonn tú riamh cinnte. Bhí sonraí an tsaoil a bhí romham soiléir i m'intinn. Ach ní hin é an saol a bhí romham.

Bhí mé trína chéile ar feadh i bhfad tar éis bhás Phádraic – idir uaigneas agus bhrionglóidí aisteacha. Nuair a thug mo mháthair nod dom seans a thabhairt do Mhicilín, dúirt mé léi go raibh mé ag fanacht go dtí go mbeadh an brón maolaithe beagán. Thuig mé faoi dheireadh nach n-imeodh an brón go brách. Bheartaigh mé an drogall a bhí orm faoi Mhicilín a chur taobh thiar díom.

Ansin tháinig Ciarán ar ais go dtí an t-oileán.

An chéad uair a chonaic mé Ciarán, bhí Pádraic fós beo. Bhí mé ag obair sa phub. Bhí an áit pacáilte agus mé ag iarraidh freastal ar thart ar scór daoine. Chas mé chuig Ciarán chun ordú a ghlacadh. Bhreathnaigh muid ar a chéile.

Chuaigh taom tríom. Rud a mhothaigh mé corruair agus mé ag siúl ar an taobh iargúlta den oileán i m'aonar. Ach níor mhothaigh mé é riamh leis an neart sin. Níor mhothaigh mé é fiú ó Phádraic – agus bhí coibhneas láidir eadrainn. Ba chosúil go raibh mé féin agus an strainséir imithe isteach i ndomhan eile. Mhair sé soicind ar a mhéid. Soicind a bhí ar nós na síoraíochta.

Cheap mé gur aithin mé é ó áit éigin. 'Fáilte ar ais!' a dúirt mé tar éis dúinn teacht amach ón néal.

'Ní raibh mé ar an oileán riamh,' a d'fhreagair sé.

'Nach raibh? . . . Chonaic mé thú amuigh ar an mórthír más ea . . . ?'

'Ní fhaca,' a dúirt sé. 'Ach tá aithne againn ar a chéile.'

'*Ok so* . . . céard a bheas le n-ól agat?'

Bhí cuid den slua ag breathnú orainn faoin am seo. Bhí sruth leictreach ag rith eadrainn. Cén chaoi ar aithin muid a chéile mura raibh aithne againn ar a chéile?

B'fhéidir go raibh muid le chéile cheana féin ag dul siar. Aithníonn anamacha áirithe a chéile. Má tá tú i dtiúin le d'anam aithneoidh tú anamacha muinteartha.

Ar aon chuma, tar éis dúinn imeacht isteach sa néal sin le chéile, bhí dúiseacht tobann ann. Chas an strainséir thart agus chonaic sé Micilín ag breathnú go géar air. Bhí a fhios aige cé go raibh Micilín taobh thiar de. Tá an bua sin agamsa freisin. Mhothaigh mé é ar dtús agus mé i mo dhéagóir nuair a thosaigh na fir ag stánadh.

Deir daoine go bhfuil mé dathúil. Ní dóigh liom go bhfuil. Thaitin an saol liom. Aimsir chaite. Thaitin sé liom sular cailleadh Pádraic. Ní thaithníonn sé liom a thuilleadh agus nílim gealgháireach anois.

Tamaillín tar éis don strainséir na deochanna a ordú, bhuail lagar mé. Dúirt mé le mo mháthair go raibh orm dul suas staighre ar feadh tamaill. Dúirt Pádraic liom níos déanaí go raibh sé tar éis socrú a dhéanamh leis an strainséir le haghaidh turais go hInis Meáin ina húicéir, *Cara na Mara*. An lá dár gcionn, chuaigh Pádraic, an strainséir, a chailín agus mé féin go hInis Meáin.

Bhí mé ag súil le bualadh le cailín an strainséara go bhfeicfinn an raibh sí cosúil liom féin. Ní raibh. Nuair a luaigh sé fuinneamh an oileáin agus a chuid tochailte, thagadh strainc uirthi. Bhí craic mhaith inti. Ach droch-*match* a bhí ann. Cé go raibh nodanna faoi phósadh agus a leithéid.

Bhí a fhios ag an saol go raibh coibhneas idir an strainséir agus mise. Tá sé deacair a leithéid a cheilt. Ní raibh ceachtar againn ag iarraidh é a thabhairt níos faide. Bhí mé féin cinnte faoi ar aon nós. Rinne muid iarracht neamhaird a thabhairt air i rith na tréimhse a d'fhan siad ar an oileán. Ach d'fhan an coibhneas eadrainn. Níl leigheas air má tá sé ann.

Níor labhair Pádraic faoi riamh. Táim cinnte go bhfaca sé é – ach níor léirigh sé éad riamh. Bhí a fhios aige nach dtréigfinn é. Gheall mé mé féin dó nuair a cheannaigh sé an fáinne. Ní féidir gealltanas a thabhairt mura bhfuil tú dáiríre faoi. Bhí a fhios agam go raibh grá ag Pádraic dom agus go dtabharfadh sé saol maith dom. Bhí rudaí faoin strainséir nach dtuigfinn go deo.

Ní raibh cairde ag an strainséir ar an oileán. Bhí sé saghas cúthaileach. Cheap daoine gur mó spéis a bhí aige sna clocha agus sa chladach ná i ndaoine. Ní raibh sé sin fíor. Labharfadh sé le héinne a labharfadh leis.

Ní bhíonn oileánaigh ag caint le strainséirí mórán. Má labhrann féin, bíonn siad ag caint faoin aimsir, faoin bpeil nó faoin iascaireacht. D'éirigh an strainséir cairdiúil le Máire Pheait Tom agus Maitias. Sean-Mhaitias mar a thugann muid air.

Cheap muid gur duine le Dia é Maitias. Níor labhair mórán daoine leis. Chloisféa é ag teacht aniar an bóthar agus neart le rá aige. Bhí sé in ann guthanna difriúla a aithris. Uaireanta chloisfeá i bhfad uait é agus é ag teacht. Cheapfá go raibh *crowd* mór in éineacht leis. B'fhéidir go raibh ar bhealach.

D'fhás cairdeas idir é agus an strainséir. Bhí foighne ag an strainséir agus bhí sé sásta éisteacht leis. Bhí an t-ádh leis an strainséir gur fhás cairdeas eatarthu.

Thug muintir an oileáin na *dreamers* orainn – na daoine a raibh na brionglóidí acu faoi Phádraic. Bhí triúr againn ann. Maitias, Máire Pheait Tom agus mé féin. B'fhéidir go raibh níos mó acu ann ach nach raibh siad ag caint faoi.

Níor luaigh mé na brionglóidí le héinne seachas mo mham. Bhí náire orm nuair a chuala mé go raibh an scéal ag an oileán ar fad go raibh mé mar dhuine acu. Ní raibh aon neart agam air. Lean na brionglóidí agus ní raibh aon neart agam air sin ach an oiread.

Tar éis tamaill, bhí ceathrar againn ann. Thosaigh an strainséir féin ag brionglóideach. Bhí sé buartha ach sásta faoi ag an am céanna. Mhothaigh sé go raibh sé mar dhuine de phobal beag is dócha.

Bhíomar ar aon tuairim nach raibh spiorad Phádraic faoi shuaimhneas agus nach mbeadh a fhad is a bhí a chorp sa bhfarraige seachas sa chré. Sin é an fáth gur iarr muid ar na tumadóirí leanúint ag tumadh agus iad ar tí éirí as. Thug siad trí lá eile dúinn. *Fair play* dóibh. D'éirigh siad as ansin. Lean mé féin ag tumadh chuile lá. Fuair mé na cáilíochtaí roinnt blianta ó shin.

Bhí Pádraic i gcónaí ag rá liom gur mhaith leis dul ag tumadh é féin nuair a bhínn ag tumadh ón húicéir. Bhí idir dhúil agus eagla air faoi. Bhíodh sé ag rá liom gan an iomarca ama a chaitheamh thíos. Tá Pádraic sách fada thíos é féin anois. Lean mé á thóraíocht. Bhí an toradh céanna ar mo chuid oibre is a bhí ag na tumadóirí eile.

Bádh m'athair féin blianta ó shin. Ach ní raibh sé ag teacht ar ais chugainn inár mbrionglóidí ina dhiaidh sin. Naoi mbliana d'aois a bhí mé ag an am. Cuimhním air chuile lá, bíodh is go bhfuil sé imithe le beagnach scór bliain anuas. Bhí sé amuigh ag iascaireacht le Beartla, uncail Mhicilín, an lá a tharla sé.

Bhí Beartla ag iarraidh a bheith mór le Treasa, mo Mam, ina dhiaidh sin. Bhí áthas orm nár thosaigh sí ag siúl amach leis. Sílim go raibh an cathú ann. Bhí sé sách deacair aici an pub a rith agus mé féin a thógáil ina haonar anuas air sin. Is cosúil go raibh sí gar do bheith mór le Beartla blianta roimhe sular thosaigh sí ag siúl amach le m'athair.

Thuig mé ag naoi mbliana d'aois go mb'fhéidir go raibh sí ag smaoineamh faoi sheans eile a thabhairt dó. Sin é an fáth go ndúirt mé léi gan dul leis. Ní fhéadfadh éinne áit m'athar a líonadh.

Níl a fhios agam arbh in é an chúis nár réitigh mo mháthair is mé féin go rómhaith ó shin i leith. Níor thosaigh sí ag siúl amach le Beartla. Sílim gur thóg sí orm é. Bhíodh Beartla thart go minic ar aon nós ag cabhrú léi. Ní fhéadfadh sí an pub a rith agus aire a thabhairt domsa ag an am céanna.

Bhí cúlra bocht ag Beartla. D'fhág sé a rian air. Bhí a fhios agam go raibh an-chion aige aige ar mo mháthair agus go raibh sé i gcónaí ag iarraidh a bheith níos cóngaraí di. Uaireanta is fearr an tuiscint atá ag an bpáiste ná ag an duine fásta.

Thug mé faoi deara nach raibh sé ag breathnú buartha ná brónach tar éis bhás m'athar. Smaoinigh mé gur chóir go mbeadh a leathbhádóir roinnte le brón.

Ba í mo mháthair an leathbhádóir eile a bhí ag m'athair. Bhí sí croíbhriste. Ní raibh sí ag caoineadh. Ní fhaca mé í ag caoineadh riamh. Ní raibh sí ag iarraidh go bhfeicfinn a leithéid. Ach bhí idir bhrón agus fearg dhomhain uirthi uaidh sin amach. Is trua nach raibh sí in ann caoineadh.

Sin é an saol. Ní mar a chéile a bhíonn chuile dhuine i ndiaidh an bháis. Ní shileann chuile dhuine deora. Tá dóthain deora silte agam féin ar aon chuma don chlann uilig.

Scaití, nuair a bhím in ísle brí, téim amach chuig áit chiúin ar an gcladach. Seasaim cosnocht sa bhfarraige. Breathnaím amach chomh fada leis an áit a bhuaileann an fharraige leis an spéir. Ansin casaim stéibh de 'Inis Oírr' do Phádraic:

'Lá éicint atá ceaptha amach tiocfaidh tú ar ais, a stór
Do churach ar luas in aghaidh na taoille
Le toil do mhuintir féin ar chraga Inis Meáin
Le mo ghalar dubhach a leigheas, más féidir é.'

Tagann tuilleadh deora ansin. Tá leigheas sna deora.

Bhí sé ag caoineadh an uair dheireanach a chonaic mé é. Aréir. Bhí sé ina sheasamh amuigh sa bhfarraige. Bhí an seanmheangadh gáire ar a aghaidh, ach é ag caoineadh ag an am céanna. Tá leigheas sna brionglóidí agus sna deora. Ach ní leor iad.

## 6. Scéal Mháire Pheait Tom

Mise Máire Pheait Tom. Baintreach Chóil Mhicil Pháidín. Máthair Phádraic an t-iascaire. Mo mhaicín bocht nach maireann. Mo mhaicín a d'imigh uaim gan choinne. Ach a thagann ar ais chugam i mo chuid brionglóidí.

Bíonn go leor le rá aige. Ní thuigim oiread is focal de. Teanga eile atá á labhairt aige. Teanga na naomh b'fhéidir. Ar ndóigh, ba chineál naoimh é, fiú nuair a bhí sé beo.

Ceapann muintir an oileáin go bhfuil mé cineál trína chéile nuair a thosaím ag caint faoi Phádraic – agus na brionglóidí. Ní bhíonn siad ag iarraidh labhairt faoi cheachtar acu. Deir cuid acu go bhfuil sé bliain ó tharla sé. Nó, i bhfocail eile, go bhfuil sé in am agam bogadh ar aghaidh. Cuid acu, imíonn siad uaim ag rá go bhfuil coinne acu. Cuid eile, tosaíonn siad ag caint faoin aimsir má luaitear ainm Phádraic.

Arbh fhearr leo go ndéanfainn dearmad glan ar mo mhaicín? Ní dhéanfaidh mé dearmad air. Go deo. Go deo na ndeor.

Chuala mé go raibh cuid acu ag rá nár thóg sé chomh fada orm teacht chugam féin i ndiaidh bhás m'fhir chéile.

Ní deir siad a leithéid liomsa. Ní bheadh sé de mhisneach acu. Braithim a leithéid uathu cé nach ndeir siad amach é lom díreach.

Mothaím m'fhear céile go mór uaim. Cuimhním air gach lá. Iarraim air cabhrú liom le mo thrioblóid. Tá siad le chéile anois ar aon nós. Athair agus mac.

Bhí grá mór agam do m'fhear céile. Bhí muid breis is scór bliain pósta nuair a sciob an fharraige uaim é. Thug an fharraige a chorp ar ais dúinn tar éis seachtaine. Thóg sé breis is bliain orm teacht chugam féin. Ach ba leor sin. Ní raibh sé ag teacht ar ais chugam i mo chuid brionglóidí.

Deir an sagart gur mór an sólás dom go bhfuil Pádraic fós ag teacht chugam i mo chuid brionglóidí. Tá faoiseamh ag baint leis na cuairteanna sin, a deir sé. Ag iarraidh mé a *humour*áil atá sé. Leathstraois ar a aghaidh ag an am céanna. Bheadh a fhios ag páiste céard faoi atá sé ag smaoineamh. Ceapann sé go bhfuil mé craiceáilte.

Ní thugann na cuairteanna ó Phádraic faoiseamh ná sásamh dom. A mhalairt ar fad. Ní deirim tada anois faoi sin leis an sagart. Ní fiú é. Caithfear é a *humour*áil. Nach bhfuil sé féin ag iarraidh an rud céanna a dhéanamh domsa.

Nuair a chuir an strainséir ceisteanna orm faoi na brionglóidí, bhí mé sásta labhairt leis. Bhí sé go deas go raibh spéis ag duine éicint ann. Nuair a théann duine in aois, ní bhíonn spéis ag mórán daoine éisteacht leo.

Bhí aithne mhaith ag an strainséir ar Phádraic. Réitigh siad go maith le chéile ón gcéad uair a tháinig sé. Seans gurbh in é an chúis go raibh an méid sin spéise aige i mo chuid brionglóidí. Bhí drogall orm labhairt fúthu ar dtús. Bhí náire orm a leithéid a phlé. Ní raibh mórán sóláis iontu. Bhí mé cráite acu.

Ar deireadh thiar, thug mé sonraí na mbrionglóidí don strainséir. Cheap mé go mb'fhéidir go mbeadh tuiscint éicint aige – nó go mbeadh sé in ann míniú éigin a thabhairt dom.

Níor thug sé aon mhíniú dom. Bhíodh ceist i ndiaidh ceiste aige. Lean mé orm ag insint na sonraí dó. Bhí mé fós ag súil go mbeadh míniú éigin aige dom faoi dheireadh.

Bhí go leor sna brionglóidí nár thuig mé. Ní amháin nár thuig mé an teanga a bhí ag Pádraic. Bhí brón aisteach air nach bhfaca mé le linn dó a bheith beo. Bhí rud éicint mór ag cur as dó. B'fhéidir cumha tar éis dó an saol seo a fhágáil agus é chomh hóg? Níl a fhios agam.

Chuir an strainséir ceist eile orm ansin: 'Cén chaoi ar mhothaigh tú sna laethanta díreach tar éis na timpiste?'

Smaoinigh mé siar.

'Nuair a chuala mé an drochscéala, bhí mé cráite. Bhí rud amháin a thug sólás dom. Bhí mé cinnte go raibh sé thuas ar neamh, i leaba na naomh, áit a bhfuil chuile dhuine sona. Ní dhearna sé dochar d'éinne i gcaitheamh a shaoil. Bhí sé i gcónaí cineálta liomsa, go háirithe i ndiaidh bhás a athar. Dá bhrí sin agus chomh lách is a bhí sé le chuile dhuine, bhí mé dearfa go raibh sé thuas ar neamh agus sona ansin. Faraor, ní raibh sé sona sna brionglóidí. Chuir sin ionadh an domhan orm agus chuir sé isteach go mór orm. Bhí an t-aon sólás a bhí agam díbrithe uaim.'

❧

Is cuimhin liom an chéad uair a bhuail mé leis an strainséir. Thug mé lóistín dó féin agus dá chailín ar feadh seachtaine.

Níor thaitin sé liom ag an tús. Bhí sé fiosrach. An iomarca ceisteanna. Cheap mé gur duine den dream sin é: an dream a thagann chuig an oileán amhail is gur turas chuig gairdín na n-ainmhithe atá á dhéanamh acu. Ag súil go mbeimid gléasta i sciortaí ildaite agus ag tarraingt uisce ón tobar. Teach ceann tí ag chuile lánúin. M'asal beag dubh sa ghairdín. Dúidín i mo bhéal.

Bhí dul amú orm. Ní raibh ceachtar acu mar sin. Bhí an bheirt acu an-deas.

Ach ba léir nach raibh siad in oiriúint dá chéile. Ní raibh aon splanc ann. Ar ndóigh, níl an splanc riachtanach. Chonaic mé roinnt póstaí ar éirigh leo bíodh is nach raibh mórán de splanc eatarthu. Ach bhí caidreamh agus cairdeas in easnamh idir Ciarán agus Máire.

Ní gá go mbeadh beirt mar a bheadh bairneach ar charraig. Ach caithfidh spiorad éadrom a bheith eatarthu. B'in rud a bhí go láidir idir Tríona agus Pádraic. Bhí mé an-sásta nuair a dúirt Pádraic liom go raibh sé chun Tríona a phósadh. Cailín álainn í Tríona. Nílim chomh tógtha lena máthair. Níl a croí chomh mór le croí Thríona.

Is cuimhin liom an chéad oíche a bhuail Tríona leis an strainséir. Bhain sé geit asam. Bhí splanc aisteach eatarthu. Nach raibh Tríona ag dul ag pósadh mo mhaicín? Nach raibh an strainséir in ainm is a bheith lena chailín féin?

Ní raibh mé ag súil leis an sruth a bhí idir Tríona agus an strainséir. Níor tharla tada. Níor phóg siad a chéile agus ní raibh siad ina n-aonar lena chéile. Go bhfios dom. Tharla sé ar fad istigh. Ní dúirt éinne aon rud faoi. Ní raibh leigheas ag ceachtar acu air.

Tharla sé domsa. Nuair a bhí mé i mo bhean óg, chuaigh mé go hInis Mór Lá an Phátrúin. Chonaic mé fear ag an tobar ag rá a chuid paidreacha. B'in sin. Ní paidreacha a bhí ar m'aigne ina dhiaidh sin. Phós mé é laistigh den bhliain.

Bhí muid le chéile ar feadh scór bliain. Nuair a sciob an fharraige uaim é, thosaigh mé ag coinneáil strainséirí.

Má tá uaigneas ort, is mór an chabhair é díriú ar rud éicint eile. Rud éicint seachas an bhearna mhór a bhí fágtha i mo shaol.

Sciob an bás an bheirt is cóngaraí do mo chroí. D'fhág sé bearna nár líonadh riamh.

D'fhill an strainséir bliain tar éis bhás Phádraic. Bhí sé scartha óna chailín faoin am sin – rud nár chuir mórán iontais orm. D'fhan sé liom arís. Cheap roinnt daoine go raibh sé ar ais chun Tríona a mhealladh. Micilín go háirithe. Bhí an cheist chéanna i mo cheann féin chuile lá. Mar a bheadh macalla ann.

Chuir mé an cheist ar Chiarán faoi dheireadh. Ní raibh aon fhreagra aige ar dtús. Ba fhreagra é sin ann féin. Ar deireadh thiar, dúirt sé narbh in an t-údar gur fhill sé. Ní raibh sé in ann breathnú orm agus é á rá.

'Cén t-údar, mar sin?' arsa mise.

'Tháinig mé ar ais ag cuardach leighis,' ar seisean.

'Leigheas ar chéard?'

'Ar an madra dubh,' a dúirt sé. D'fhan mé le tuilleadh.

'Ar an ngruaim atá ionam agus atá do mo leanúint ó d'imigh mé an chéad uair,' ar seisean.

'Cén fáth go bhfuil sé sin ort?' a d'iarr mé.

Chas sé a cheann amhail is nach raibh aon fhreagra aige. Cheap sé go mb'fhéidir gur bhain sé le himeacht a chailín uaidh. Dúirt sé go raibh sé in ísle brí cheana féin, sular imigh sí uaidh.

Bhí tuairim agam féin faoin gcúis go raibh an madra

dubh air. Bhí sé tar éis bualadh lena anamchara. Mhothaigh sé uaidh í.

Ba é Micilín a bhí sa bhád le Pádraic an lá a bádh é. Chuir mé ceist air faoi céard a tharla, cúpla uair. Dúirt sé liom go raibh Pádraic imithe faoi sula raibh sé in ann lámh ná maide a shíneadh chuige.

Ba leathbhádóirí agus dlúthchairde iad. Ach amháin nuair a thosaigh Pádraic agus Tríona ag siúl amach le chéile. Chuir sé sin beagán oilc ar Mhicilín. Thuigfeá é sin, mar bhí cion aige féin uirthi. Tar éis tamaill, ghlac Micilín leis agus bhí sé féin agus Pádraic in ann dul amach ag iascaireacht lena chéile arís. Bhí mé sásta leis sin. Is fearr liom beirt sa churach seachas duine amháin amuigh ar an bhfarraige.

Bhí spéis ag Micilín i dTríona i bhfad siar. Bhí sé soiléir ón mbealach a labhradh sé léi gur theastaigh uaidh a bheith mór léi. B'éigean dó glacadh leis gur roghnaigh sí mo mhaicín.

Nuair a bádh Pádraic, thapaigh sé an deis. Bhí sé gar do bheith mór léi nuair a d'fhill an strainséir.

Bhí an strainséir agus mé féin ar aon tuairim faoi rud amháin ó thaobh na mbrionglóidí de. Is é sin go raibh Pádraic ag iarraidh rud éicint a insint dom. Thug sé sin sólás dom. Bhí míniú éicint ann agus bhí duine amháin a chreid i mo chuid brionglóidí. B'aisteach gur duine ón taobh amuigh a bhí ann.

D'iarr mé ar Chiarán ar mhothaigh sé go raibh Pádraic fós thart. Rinne sé a mhachnamh sular labhair sé.

'Bíodh is go bhfuil sé marbh, tá rian de fós thart. Go háirithe thuas ag an Dún nó ar an gcladach déanach san oíche. Nó go luath ar maidin ar na haillte agus an ghrian ag éirí san oirthear os cionn Inis Mór. Tá sé ar shlí na fírinne. Ach tá sé ag iarraidh cuid den fhírinne a roinnt linn. Caithfidh go bhfuil cúis leis sin.'

D'aontaigh mé leis. Níor thuig ceachtar againn cén fáth go raibh Pádraic fós ag *wander*áil thart.

'D'imigh sé roimh a am, a Chiaráin,' a dúirt mé leis. 'B'fhéidir go bhfuil sé ag iarraidh tuilleadh ama a chaitheamh linn sula n-imeoidh sé ar fad.'

Ní raibh aon fhreagra aige air sin, rud a tharla sách minic. Ar deireadh thiar, d'iarr sé orm mion-chur síos a thabhairt dó arís ar an mbrionglóid. Bhí mo chuid foighne imithe uaim faoin am seo.

'Bhfuil do chuimhne ag imeacht? Nó an raibh tú ag éisteacht liom ar chor ar bith! Cé mhéid uair a d'inis mé duit . . . ?'

'Tá brón orm, a Mháire . . .' ar seisean. 'Ach mura miste leat . . . uair amháin eile . . .'

'Uair amháin eile más ea! Is í an ghnáthbhrionglóid a bhíonn agam ná Pádraic amuigh sa bhfarraige ag iarraidh labhairt liom. Teanga dhothuigthe. Fiú nuair a chasaim suas mo ghléas éisteachta, ní thuigim tada. Claonann sé a cheann cúpla uair amhail is go raibh sé do mo bheannú nó b'fhéidir ag deimhniú go raibh an méid a bhí ráite aige fíor. Ansin imíonn sé uaim síos faoi dhromchla na farraige.

'Ach : . . fan nóiméad . . . fan anois . . . sea . . . arú aréir bhí casadh eile sa bhrionglóid. Bhí sé mórán mar a chéile go dtí an chuid dheireanach de. Seachas a cheann a chlaonadh chugam, chas sé a cheann timpeall. Bhí gortú mór air agus fuil ag sileadh ó chúl a chinn. Scanraigh sé mé . . . Dhúisigh mé go tobann . . . Sea . . . Sin é anois . . . tá sé in am dul a chodladh.'

'Ab in an méid a bhí ann?' a d'fhreagair sé, amhail is go raibh amhras air nár inis mé chuile rud dó.

Chlaon mé mo cheann agus d'imigh mé liom a chodladh.

Bhí an ceart aige a bheith amhrasach. Labhair mé faoin mbrionglóid a bhí agam arú aréir. Bhí brionglóid eile agam aréir. Bhí casadh eile sa cheann sin. Bhí Ciarán féin in aice le Pádraic amuigh sa bhfarraige agus an chuma air go raibh sé báite. Níor thuig mé an bhrí a bhí leis sin. Níor inis mé an chuid sin dó ar fhaitíos go gcuirfinn faitíos air.

Mothaím uaim mo mhaicín. Mo mhaicín bocht. Tá tuirse orm anois. Tuirse an domhain.

Ba bhreá liom imeacht ón saol seo anois. Bheinn in éineacht leis an mbeirt is ansa liom arís. Mo mhac agus m'fhear céile.

## 7. Scéal Mhicilín II

Tá cathair ghríobháin de shrutháin faoi thalamh ar an oileán seo. Neart uisce faoi thalamh. Mar gheall ar an aolchloch. Tá sé cosúil le catacóm. Bhí an strainséir ag lorg léarscáile go bhfaigheadh sé amach cá raibh na pluaiseanna. Ní fíu tada na léarscáileanna sin. Nach bhfuil an t-uisce ag teacht is ag imeacht ann? Gan fógra ar bith.

Thug mé comhairle don strainséir.

'Bheadh sé contúirteach dul síos ansin, a strainséir. Fíorchontúirteach. D'fhéadfadh an aolchloch cliseadh.'

Ansin thosaigh sé ag cur ceisteanna orm faoin lá a bádh Pádraic. Ormsa! Ag fiafraí díom céard a tharla sa bhád. Bhí fonn orm é a leagadh. D'fhreagair mé é go híseal. Trí mo chuid fiacla.

'Lig do na mairbh. Lig dóibh. Tá sé bliain ó fuair Pádraic bocht bás. Tá an t-oileán ar fad faoi bhrón, fós. Tá mé féin fós cráite. Thit sé amach as an gcurach – bhí sé imithe sula raibh mé in ann lámh nó maide a shíneadh chuige. Bheadh sé níos feiliúnaí duitse dul ar ais chuig pé áit as ar tháinig tú in ionad a bheith ag tochailt anseo agus ag cur ceisteanna nár chóir a chur. Tá tú ag cur isteach ar thragóid phríobháideach.'

Faoin am a raibh mé críochnaithe, bhí mé sách oibrithe. Ní dhearna sé ach breathnú orm leis an stánadh aisteach céanna. Shiúl sé uaim mar ab iondúil. Bhí a fhios agam faoin am sin nach n-imeodh sé agus fios maith agam cén fáth. Bhí sé ag iarraidh Tríona a sciobadh uaim.

Ní raibh sé feiliúnach di. Cén chaoi a dtuigfeadh amadán mar sin bean ón oileán? Ní raibh Gaeilge cheart aige fiú. Nach raibh Tríona fós in ísle brí tar éis na tragóide? Bhí sé ag iarraidh an cloigeann a oibriú uirthi agus an deis a thapú.

Bhí mé féin agus Tríona ag éirí cairdiúil sular fhill sé. Nílim ag iarraidh gaisce a dhéanamh as, ach ba mhór an cúnamh a thug mé di. Bhí mé i gcónaí ann chun éisteacht léi. Bhí rud comónta againn – bhí ár leathbhádóir caillte againn beirt.

Sin é an fáth go raibh sí sásta labhairt liomsa thar éinne eile. Bhíomar ag éirí níos gaire dá chéile. Bhí mé fós ag iarraidh am a thabhairt di teacht chuici féin sula dtógfainn céim eile. Bhí sí ag cur muinín ionam diaidh ar ndiaidh. Go dtí gur tháinig an bastard sin ar ais.

Oíche Fhéile San Seáin, tháinig sé chuig an tine chnámh léi, i ngreim láimhe ina chéile. Thuig mé ansin go raibh ceacht uaidh. Sula rachadh cúrsaí thar fóir.

B'fhéidir go ndéarfá nach dtuigim céard is grá ann. Ní thuigim grá? Tuigim go maith é. I bhfad níos fearr ná cuid acu. Creidim go hiomlán sa ngrá. Thar aon rud eile sa saol. Bheinn sásta duine a mharú ar son an ghrá.

Ní rud aisteach é sin. Nach ndearna go leor a leithéid ar son an ghrá don tír seo? Ní raibh aon locht air sin. Bhí strainséirí sa tír ag iarraidh muid a cheansú agus a choinneáil faoi smacht. Má thagann strainséir isteach i do theach gan chuireadh, tá lánchead agat é a dhíbirt bealach amháin nó bealach eile.

Nílim ag rá go bhfuil sé éasca duine a mharú. Fiú nuair atá an ceart agat é a dhéanamh. Is rud amháin a leithéid a rá. Rud eile ar fad é a dhéanamh. Ach nuair atá creideamh agus grá in éineacht go smior ionat – tugann sé sin neart duit.

Nuair a dhéanann tú é uair amháin bíonn sé níos éasca an dara huair.

Sin é an fáth go gcaithfimid fáil réidh leis na madraí nuair a théann siad i ndiaidh na gcaorach. Nuair a fhaigheann siad blas na fola – bhuel sin sin. Tuigim go maith iad. Bíonn drogall orm an gunna a thabhairt dóibh dá réir.

Céard a dhéanfadh mac an chait ach luch a mharú? Céard a dhéanfadh madra ach caoirigh a mharú? Céard a dhéanfadh fear atá i ngrá le bean agus fear eile ag iarraidh an bhean sin a thabhairt uaidh? An dtuigeann tú céard atá mé a rá?

Bhí sé sách deacair an chéad uair. Ba dhlúthchara liom é Pádraic. Bhí grá agam dó ar bhealach. Ach ba mhó mo ghrá do Thríona ná do Phádraic. Bhí grá speisialta agam di. Grá ó neamh. Ní raibh aon leigheas ar cheachtar againn air sin. Sin é an fáth nach raibh aon leigheas agam ar an rud a rinne mé. Ní raibh éinne eile uaim sa saol seo seachas Tríona.

Mar sin féin, chaith mé go leor ama ag smaoineamh faoin ngníomh a bhí romham. I ndeireadh na dála bhí a fhios agam nach raibh aon rogha eile ann. Bhí lá na bainise socraithe acu. Ní raibh siad in oiriúint dá chéile. Bhíodar ag dul ar aghaidh leis mar go raibh sé cineál *handy*.

Ba é an dearcadh a bhí acu ná go raibh sé níos éasca pósadh ná scaradh. Anois, cén saghas bunúis é sin do phósadh? Bhí a fhios agam féin go dtabharfainn saol ceart di. Bhí a fhios agam de bharr go raibh an méid sin grá ionam.

Fós féin, thug sé tamall fada go dtí go raibh mé réidh le tabhairt faoin ngníomh. Dhírigh mé ar an ngrá a bhí ionam di. Chuir mé mo mhianta féin ar leataobh.

'Céard é an rud is fearr do Thríona?' a d'iarrainn orm féin arís agus arís. Rinne mé dianmhachnamh air. Ní raibh ach freagra amháin ar an gceist. Ní raibh ach bealach amháin chun é a bhaint amach.

Ní raibh sé deacair an dara huair a thug mé faoi. Taithí a dhéanann máistreacht.

Bhí sé níos éasca ar chúiseanna eile. Ba ar mhaithe le Tríona agus ar mhaithe le muintir an oileáin a bhí mé á dhéanamh. Bhí an strainséir ag milleadh an ghaoil a bhí eadrainn. Bhí sé ag cruthú amhrais ar an oileán fúm.

Bhí sé tar éis dhá fhógra a fháil roimhe sin. Oíche Fhéile San Seáin tháinig sé chuig an tine chnámh le Tríona. Labhair mé leis go híseal nuair a bhí Tríona ag caint le Treasa.

'Tá sé in am imeacht ón oileán, a strainséir. Nó is duitse is measa é.'

Mar is iondúil, ní dúirt sé tada. Tada ach an stánadh aisteach sin.

Seachtain ina dhiaidh sin bhí sé fós ar an oileán. Thug mé an dara fógra dó. Bhí ceol agus damhsa ar siúl Tigh Threasa. P. J. Ó hIarnáin ar an mbosca. Scoth an cheoil uaidh. Rinne mé píosa damhsa aonair. Is nós atá agam a leithéid a dhéanamh nuair atá ceol maith ann agus cúpla deoch istigh. Thaitin sé go mór le muintir an oileáin mar is iondúil.

Bhí mé i lár an damhsa nuair a tháinig an strainséir amach ag damhsa in aice liom. Bhí mé sásta ar dtús. Cheap mé go ndéanfadh sé amadán de féin. Ach bhí sé go maith ag damhsa. Rómhaith.

Thuig mé láithreach céard a bhí ar bun aige. Bhí sé ag iarraidh amadán a dhéanamh díom agus fear mór a dhéanamh de féin. Níor fhan mé ag breathnú air. Chuaigh mé chuig an leithreas. Bhí mé oibrithe. Ar an mbealach ar ais, lig mé orm go raibh duine éicint tar éis mé a bhrú agus thug mé *tap* sa rúitín dó. Thit sé ar a thóin. Bhuel, phléasc na leaids agus mé féin amach ag gáire!

Ar mo bhealach amach an doras níos deireanaí, chuir mé cogar beag ina chluais: 'B'in é an fógra deiridh.'

Bhí sé fós ann seachtain eile ina dhiaidh sin. Bhí sé ag siúl thart le Tríona agus iad i ngreim láimhe ina chéile – an cairdeas eatarthu ag dul i méid. Níorbh fhiú aon fhógra eile a thabhairt dó. Bhí sé in am anois áit agus am cuí a roghnú.

Phléigh mé é le Beartla. Dúirt sé liom a bheith cinnte é a dhéanamh in áit nach bhfeicfeadh éinne é.

❧

Bhíodh sé de nós ag an strainséir siúl go dtí an Dún sa tráthnóna le clapsholas. Corruair shiúladh sé chuig an gcladach. Ar feadh trí lá i ndiaidh a chéile, ní dheachaigh, mar bhí slaghdán air.

Bhí mé ag coinneáil súile air i gcónaí. Ag fanacht ar mo dheis. Chonaic mé é ag fágáil slán ag Tríona an tráthnóna cinniúnach sin Tigh Threasa. Bhí mála ar a dhroim agus an chosúlacht air go raibh sé ag dul ag siúl. Thapaigh mé an deis.

Shiúil sé i dtreo an Dúin. Ach lean sé ar aghaidh thar

Cheap mé go raibh an scáil ag bogadh níos cóngaraí dom. Go raibh sé ag ardú a láimhe ag fágáil slán ag a chorp.

Ag an am céanna bhí mé ag iarraidh cloigeann an strainséara a choinneáil faoi uisce. Mar ní raibh sé imithe ar fad. Bhí sé an-lag anois. Bhí sé beagnach imithe.

# 8. Scéal Threasa

Mise Treasa an Tábhairne. Ag mo mhuintir atá teach ósta an oileáin le ceithre ghlúin anuas. Tiocfaidh deireadh leis sin nuair a thiocfas deireadh liom féin.

Cailleadh Tomás, m'fhear céile, scór bliain ó shin. Comhaois le Críost a bhí sé nuair a d'imigh sé. Bhí sé ag iascaireacht sa churach le Beartla sa bhfarraige idir Inis Meáin agus Inis Mór. Lá breá a bhí ann. Ach tarlaíonn timpistí fiú ar an lá breá.

Naoi mbliana d'aois a bhí Tríona ag an am. Níl sa teach ach Tríona agus mé féin ó shin. Tháinig athrú uirthi an lá sin. Cailín cantalach í ó shin i leith. Ar ndóigh ní raibh sé éasca réiteach léi ón tús.

Bhí tórramh gan chorp againn mí tar éis bhás m'fhir chéile. Níl uaigh ná leac chun é a chaoineadh.

Bhí na seandaoine ag cogarnaíl ag an tórramh. Bhíodar ag rá go raibh an t-am tagtha. Dúradar go raibh sé i bhfad ó thóg an fharraige éinne. Go raibh sí sách foighneach. Go raibh uaigneas uirthi agus go raibh comhluadar seasmhach uaithi. Comhluadar a d'fhanfadh léi. Go deo. Go deo na ndeor.

Faoi dheireadh bhí mo dhóthain cloiste agam uathu. Bhuail mé mo dhorn ar an mbord le teann feirge agus chas mé chucu chun iad a cheartú.

'Ní raibh an t-am tagtha! Beag an baol! B'fhear óg é. Anois ólaigí suas agus imígí go beo as mo theachsa!'

D'imíodar diaidh ar ndiaidh. Bhí náire ar chuid acu. An chuid eile ag ceapadh go raibh mé leath as mo mheabhair. Bhí an ceart ag an dá dhream.

Bhí an fhírinne inste acu. Ach ní raibh mé réidh don fhírinne. Tá an fharraige foighneach. Níl aon deifir uirthi. Tuigeann sí go bhfaighidh sí an méid atá ag dul di.

Is fearr léi fear óg ná seanfhear. Iascairí is ansa léi. Is fearr léi an té a chaitheann tamall léi. Is féidir leo aithne a chur ar a chéile roimh an lá mór.

Sin mianach na farraige. Tuigim í. B'fhearr liom féin an té a bhfuil aithne agam air. Is fearr liom gnáthchustaiméirí a fheiceáil sa phub ná strainséirí.

Níor thaitin an seandálaí liom ón tús. Bhí amhras orm faoi ón uair a leag sé a chos ar mo thairseach.

'Táim anseo don tochailt,' a d'fhreagair sé nuair a chuir mé ceist air cén saghas gnó a bhí aige ar an oileán. Bhí sé ag tochailt sa chré agus sa phub. Agus ag breathnú ar chuile rud. Cheapfá go raibh sé ar thuras chuig gairdín na n-ainmhithe.

Tá an fharraige mar a chéile liom féin ar go leor bealaí.

B'fhearr léi daoine ciúine cineálta ar nós m'fhear céile. Daoine a thuilleann meas. I gcás iascairí, tá comhthuiscint idir iad agus an fharraige.

Tuigeann an fharraige go mbíonn sí sách flaithiúil leo leis na héisc. Agus, dá réir, go bhfuil rud éicint tuillte ar ais aici. Rud beo, stuama, láidir, óg. Ar nós m'fhear céile.

Tá sé mar a bheadh margadh ann. Is bean ghnó mé féin. Tuigim margadh. Ní hin le rá go raibh sé éasca glacadh leis an margadh úd. Bhí neart fadhbanna agam ina dhiaidh sin, anuas ar an uaigneas. Go háirithe le m'iníon.

Ní cuimhin liom cathain a thosaigh mé féin agus Tríona ag argóint. Bhí sí cantalach ó rugadh í. D'éirigh sí níos measa, go háirithe agus í sna déaga. Tá sí fiche a naoi anois. Cheapfá go bhfuil sí fós sna déaga leis an iompar atá aici.

Bhí Beartla ina chrann taca agam tar éis bhás Thomáis, bíodh is go raibh sé féin croíbhriste. Bhí sé ann dom. Bhí sé ann chun cabhrú liom sa phub nuair nach raibh mé féin in ann aige. Thug sé aire don stoc agus don ghlanadh. Ar ndóigh, d'íoc mé é as a chuid oibre.

Bhí sé ann le héisteacht liom má bhí mé ag iarraidh labhairt faoi aon rud. Ní raibh mé in ann labhairt le héinne eile ach eisean.

Bhí sé mar a bheadh uncail ag Tríona roimh bhás Thomáis. Mar a bheadh athair ina dhiaidh. Thosaigh sé ag tabhairt Thríona ar scoil lena nia Micilín. Ag cabhrú léi lena cuid obair bhaile. D'éirigh muid an-chairdiúil de réir a chéile. Ar ndóigh, bhí meas aige orm ó bhí mé i mo dhéagóir. Bhí mo chuid measa féin air ag méadú ionam i ndiaidh na tragóide.

Ach bhí smál ar an ngaol eadrainn. Bhí sé sin ag méadú freisin. Bhíodh sé ar an taobh eile den chuntar chomh minic céanna nuair nach mbíodh sé ag obair. Ba é an t-oibrí ab fhearr agus an custaiméir ab fhearr a bhí agam é.

Ní féidir an dá thrá a fhreastal i dteach tábhairne. Murach sin, b'fhéidir go mbeadh sé fós thíos staighre liom. Thuas staighre fiú.

D'iarr sé orm é a phósadh cúpla uair. Bhí sé leathólta an chéad uair. B'in sular thosaigh mé féin agus Tomás ag siúl amach. D'iarr sé orm arís sé mhí tar éis bhás Thomáis. Ní raibh muid ag siúl amach fiú. Ach bhí sé dáiríre.

Bhí údar agam géilleadh dó. Ach ní bean ghéilliúil mé. Bhí drogall orm. Ba é a bhí mar leathbhádóir ag mo leathbhádóir féin. Ba eisean an duine deireanach a chonaic é. Níor labhair sé liom mórán faoin lá úd riamh. Chuir mé ceist air faoi uair amháin.

'Cén chaoi ar tharla sé?' a d'fhiafraigh mé dó.

'Oibriú a bhí sa bhfarraige,' a dúirt sé. 'D'éirigh maidhm agus thit sé amach as an gcurach. B'in é.'

Theastaigh uaim ceisteanna eile a chur air. Ní raibh mé in ann. Tá na ceisteanna fós ionam. Beidh orm iad a chur air lá éigin. Nó pléascfaidh siad ionam.

Bhí sé ina shuí sa bheár le déanaí agus é ag éirí corrthónach ar an stól. Thuig mé go raibh sé ag réiteach le mé a cheistiú faoi rud éigin. Iarracht eile fáil isteach faoi mo dhíon nó isteach i mo leaba, cheap mé. Níorbh ea.

'Meas tú an mbeadh spéis ag Tríona i Micilín?' ar seisean.

'Níl a fhios agam. Ní labhrann sí faoi.'

'Bhfuil tú cinnte? Níor thug sí nod fiú?' ar seisean.

'Ní labhrann sí liomsa faoina leithéid. Ná faoi mhórán eile ach oiread,' a d'fhreagair mé.

Ach bhí tuairim agam. Tuairim mhaith. Tá aithne agam ar m'iníon. Bhí níos mó ná spéis ag Micilín inti. Níos mó ná mar a bhí aicise i Micilín.

Bhíodar cairdiúil ó bhíodar sna déaga. Ach thosaigh sí ag siúl amach le Pádraic. Bhí sí geallta le Pádraic nuair a bádh é bliain ó shin. Bhí Pádraic sa churach le Micilín. Bhí sé sách cosúil leis an eachtra inar bádh Tomás. Ar nós a uncail, níor labhair Micilín mórán faoin lá sin ach oiread.

Bhí Tríona croíbhriste. Rinneadh fearg den bhrón de réir a chéile. Fearg chiúin dhomhain. Mar a tharla dom féin nuair a bádh Tomás. D'fhan an mianach sin ionam agus inti.

Ní maith an rud é beirt le mianach teasaí a bheith faoi aon díon amháin. Bhí sí dána agus ceanndána ó bhí sí óg. Ar mo nós féin. Cén t-ionadh nach réitíonn muid.

Cé go raibh mo shaol sách crua roimh bhás Thomáis, bhí sé a dhá oiread níos measa ina dhiaidh sin. Sin é an fáth go bhfuil mé féin crua. Ní raibh an dara rogha agam. Bhí gnó le rith agus iníon le tógáil agam i m'aonar. B'éigean dom foghlaim go tapa.

Bíonn airgead le déanamh sa samhradh. Ní thagann mórán cuairteoirí i rith an gheimhridh. Caithfimid brath ar mhuintir na háite. Is iad a choinníonn an gnó ag imeacht. Tagann corrstrainséir sa gheimhreadh. Ní thagann a bhformhór ach chun breathnú orainn agus ar an oileán. Imíonn siad leo ansin.

Faraor, d'fhill an seandálaí. Ba mhó den tochailt eile a rinne sé seachas tochailt sa chré.

D'airigh mé rud éicint idir é agus Tríona. Coibhneas. Ag an am sin bhí Pádraic fós beo agus bhí cailín ag an seandálaí. Bhí mé oibrithe ach ní raibh mé buartha.

Bhí mé buartha nuair a tháinig sé ar ais. Faoin am sin, bhí Pádraic marbh agus bhí cailín an tseandálaí imithe le fear eile. Bhí Tríona fós in ísle brí. Mheas mé nach mbeadh spéis aici in aon fhear eile. Bhí spéis ag Micilín inti i gcónaí. Bhí mé ag iarraidh í a spreagadh. Níor ghlac sí le mórán spreagtha uaimse riamh.

Bhí Micilín buartha nuair a tháinig an strainséir ar ais. Dúirt mé leis gan ligint dó cur isteach air, go gcaithfeadh sé a bheith foighneach. Ach bhí an ceart aige a bheith buartha.

Bhreathnaigh mé ar Mhicilín mar a bheadh mac ar

bhealach. Bhí sé i gcónaí ag iarraidh a bheith le Tríona. Bhí trua agam dó nuair a roghnhaigh sí Pádraic. Ní raibh mé féin agus Pádraic cairdiúil riamh.

Thuig mé gurb í lámh m'iníne an rud ba mhó sa saol a bhí ó Mhicilín. I ndiaidh bhás Phádraic, cheap mé go raibh seans aige a mhian mhór a bhaint amach. Thuig muid ar fad go raibh an mhian sin i mbaol nuair a d'fhill an seandálaí.

Bhí Tríona ag tabhairt cupán tae agus ceapaire don seandálaí sa phub tar éis dó teacht ón mbád farantóireachta. Ní raibh ach cúpla abairt eatarthu sular imigh sí ar ais taobh thiar den bheár. Chonaic mé an solas. Bhí solas i súile Thríona nach bhfaca mé ó bádh Pádraic. Níor mhair sé ach soicind. Chonaic sí mé ag breathnú orthu. Múchadh an solas ar an tort.

Ní raibh sí in ann breathnú orm an chuid eile den lá. Thuig sí go raibh mé oibrithe. Choinnigh sí amach uaim agus choinnigh mé an méid a bhí ionam dom féin. Go dtí deireadh an lae. Bhí orm é a rá léi faoi dheireadh.

'Níl Pádraic imithe bliain agus tá tú ag breathnú ar strainséir.'

Níor fhreagair sí. D'imigh sí chuig a seomra gan tada a rá. Ní raibh sí ag labhairt mórán le héinne ó cailleadh Pádraic. Bhí aiféala orm faoin méid a dúirt mé. Bhí an baol ann go n-imeodh sí leis an strainséir chun olc a chur orm. Ní raibh mé á iarraidh sin.

Tá sé de cheart agam an fhírinne a insint do m'iníon.

Bíonn orm a bheith crua uirthi scaití. Caithfidh máthair a bheith mar sin. Bíonn an saol crua ar oileán. Caithfimid a bheith crua dá réir. Bhí mo mháthair féin an-chrua orm. Ón tús.

Is cuimhin liom cúpla uair nuair a bhí mé an-óg agus mé ag caoineadh liom féin. Níor thuig mé cén fáth go raibh mo mháthair chomh dian orm. Chuir mé ceist ar m'aintín. Dúirt sí go raibh mo mham ag iarraidh mé a réiteach don saol. Bhí míniú de shaghas ansin. Fós féin níor thuig mé.

Nuair a shroich mé na déaga, dúirt m'aintín liom go raibh breith fhíorchrua ag mo mháthair liomsa. Bhí tuiscint níos fearr agam ansin. Tá an tuiscint méadaithe ó shin agus mé idir an mheánaois agus an tseanaois. Ach ní tús maith a bhí ann.

Rinne mé an rud céanna le Tríona. Admhaím é. B'fhéidir go bhfuil sé tógálach. Ní hé go raibh mé ag iarraidh é a dhéanamh. Níl mórán foighne agam. Is dócha go raibh Tríona thíos leis, mar a bhí mise le mo mháthair féin. Ach is saghas réitigh don saol é.

Bhí ceisteanna ag daoine faoi chéard a tharla sa churach bliain ó shin. Mar gur tháinig Micilín slán as agus nár tháinig Pádraic. Ceisteanna nár cuireadh air go díreach. Mar a tharla scór bliain roimhe sin nuair a bhí Beartla agus Tomás amuigh ag iascaireacht le chéile.

Mheas mé go raibh siad róchrua ar Mhicilín. Bhí amhras orthu. Ach d'oibrigh Micilín sách crua chuile lá dá shaol. Níl aon amhras faoi sin. Chuaigh sé amach gach lá breá agus go leor laethanta nach raibh go breá ag iascaireacht agus leis an járbhaí. Ní raibh móran airgid ag a mhuintir agus é ag fás aníos. Ní dhearna sé mórán as bealach riamh.

Fós féin bhí amhras ar dhaoine faoi. Tá dorchadas aisteach le feiceáil ina shúile scaití. Ar nós tine ag cnádú. Ach níl sé sin ann i gcónaí.

Níl éinne ag iarraidh géilleadh don uafás. Ach má fhaigheann rud éicint greim ort istigh – is féidir géilleadh.

Nílim ag rá go ndearna Micilín ná Beartla feall. Ach tar éis blianta ar an saol, tuigim gur féidir le duine ionraic rud aisteach a dhéanamh ag amanna áirithe. Is féidir má tá scáil an dorchadais orthu. Is féidir le naomh a leithéid a dhéanamh. Cé mhéid duine a mharaigh Naomh Pól tráth dá raibh an t-ainm Saul air?

Oíche Fhéile San Seáin, bhí an seandálaí ag an tine chnámh le Tríona. I ngreim láimhe ina chéile. Lean Micilín é an lá dár gcionn go dtí an trá. Bhrúigh sé ceann an tseandálaí faoin bhfarraige.

Ba é Maitias a tháinig orthu. Níl a fhios agam cén chaoi a raibh fhios aige. Bhuail sé Micilín lena mhaide. Is trua gur tháinig Maitias orthu. Murach sin, bheadh an scéal ann gur sciorr an strainséir ar chloch, gur bhuail sé a cheann agus gur bádh é in uisce éadomhain.

Ina dhiaidh sin, thuig mé go mb'fhéidir nach timpiste a bhí ann an lá a bádh Pádraic. Bhí an b'fhéidir céanna ag go leor eile. Tríona ina measc. Nuair a chuala mé faoin eachtra ag an trá, chuir me an scéal thart go mbeadh cruinniú tábhachtach sa phub ag a sé an tráthnóna sin.

Tháinig formhór mhuintir an oileáin. Bhí an scéal acu uilig faoin am seo. Dúirt mé nach raibh aon ghá fios a chur ar na gardaí. 'Nach bhfuil an seandálaí fós beo,' a dúirt mé. 'Táim cinnte nach raibh ó Mhicilín ach ceacht a mhúineadh dó. Bhí sé chun é a scaoileadh saor. Beidh droch-chlú ar an oileán má sceitheann éinne an scéal seo. Ní thiocfaidh turasóirí ar ais. Beimid ar fad thíos leis. Is fear goilliúnach é Micilín agus tuigimid go léir dó.'

Níor labhair éinne acu. D'aontaigh siad liom.

D'imigh Tríona leis an seandálaí go Baile Átha Cliath. Níor labhair muid le chéile ó shin. Ní raibh muid ag labhairt mórán lena chéile roimhe sin ar aon chaoi. Fós féin bíonn sé uaigneach sa teach i m'aonar.

Tá mé féin agus Beartla ag éirí cairdiúil arís. Níl a fhios aige go fóill, ach táim chun é a phósadh sa bhfómhar. Fágfaimid an pub ag Micilín.

## 9. Scéal Mhicilín III

Bhí sé gar don deireadh. Bhí sé beagnach imithe. Mheas mé go bhfaca mé a spiorad ag imeacht uaidh agus mo mhéara ag fáisceadh ar a mhuinéal. Chonaic mé rud ar nós scáile ar dhromchla na farraige. Mheas mé go raibh a spiorad ag imeacht nó b'fhéidir a aingeal coimhdeachta tagtha chun é a thabhairt chuig an taobh eile. Bhí an scáil ag bogadh agus bhí rud éigin ar nós maide ina lámh.

Bhí an t-aingeal, nó cibé rud a bhí ann, ag ardú an mhaide amhail is go raibh sé ag taispeáint an bhealaigh dó. Bhí sé seo go léir ag tarlú go mall. Mar a bheadh mír as scannán. Bhí mé dírithe ar an obair a bhí idir lámha agam, ach leathshúil agam ar an scáil.

Mhothaigh mé rud éicint taobh thiar díom. Thuig mé ansin nárbh é aingeal coimhdeachta ná spiorad an strainséara a bhí le feiceáil sa bhfarraige romham. B'in an chuimhne dheiridh a bhí agam sular leagadh mé.

Maitias a bhí taobh thiar díom. Maide Mhaitiais a leag mé. Maitias, amadán an oileáin. Faoin am a tháinig mé chugam féin, bhí an strainséir tagtha chuige féin agus bhí slua beag bailithe thart timpeall orainn.

Bhreathnaigh muid ar a chéile – mé féin agus an strainséir. Bhí sé ag casacht agus ag caitheamh aníos uisce. Ach é fós ag breathnú orm – mise ag breathnú air. Bhí comhthuiscint eadrainn. Thuig muid beirt go raibh sé ar bhealach an bháis cúpla nóiméad roimhe sin. Agus mise mar ghiolla a bháis.

Chonaic Maitias mé ag leanúint an strainséara agus lean sé mé. D'inis sé an scéal do chúpla duine ar an mbealach. Dúirt sé ina dhiaidh sin go raibh brionglóid aige. Go bhfuair sé rabhadh ó Phádraic sa bhrionglóid.

A leithéid de chac.

Pé scéal é, d'éirigh leis a chur ina luí ar chuid de mhuintir an oileáin é a leanúint. Bhí drogall orthu ar dtús, ach nuair a chonaic siad Maitias ag rith lena mhaide, lean siad é.

Nuair a chonaic siad go raibh mé ag iarraidh an strainséir a bhá, bhí tuairim acu ansin faoi chéard a tharla do Phádraic. Ar ndóigh, ní raibh aon fhianaise acu. Ní raibh ann ach tuairim. Ní bheidh ann ach tuairim chóiche.

Ní raibh Treasa ag iarraidh go mbeadh aon eolas ag na gardaí faoi. *Fair play* di. Dúirt sí le muintir an oileáin nach raibh uaim ach geit a bhaint as an strainséir. Nach raibh an strainséir fós beo, a dúirt sí. Agus an ceart aici. Dúirt sí nach raibh aon ghá tada a rá leis na gardaí. Ní thiocfadh aon rud maith as dá dtiocfadh na gardaí, a dúirt sí.

D'aontaigh siad léi. Ach níl mórán acu sásta labhairt liom ó shin. Níl a fhios agam cén fáth. Bhí mé ag iarraidh gar a dhéanamh dóibh.

D'imigh Tríona go Baile Átha Cliath leis an strainséir. Tá siad fós ann. Mothaím uaim í níos mó ná mo mháthair bhocht.

## 10. Scéal an Strainséara II

Bhí go leor nodanna sna brionglóidí. Ach ní fianaise é sin. Bhí mé ionann is cinnte gur mharaigh Micilín Pádraic. Ní raibh mé iomlán cinnte faoi, d'uireasa fianaise.

Nuair a mhothaigh mé a lámha timpeall mo mhuiníl, bhí mé cinnte. Thuig mé ansin gur mharaigh Micilín a leathbhádóir. Ar mhaithe le Tríona a fháil dó féin. Bhí sé chun mise a mharú ar an gcúis chéanna.

Ba é Maitias mo shlánaitheoir. Murach é, bheinn marbh. Bhí mé gan aithne gan urlabhra faoin am a tháinig sé. Nuair a dhúisigh mé, bhí Micilín ina luí ar an gcladach in aice liom in éineacht le Maitias agus slua beag ón oileán.

Ní raibh muintir an oileáin ag iarraidh go mbeadh aon eolas ag na gardaí faoin méid a tharla. Tháinig Tríona ar ais go Baile Átha Cliath liom. Tá nodanna faoi phósadh uaithi. Feicfimid. Táim ag súil go mór le bheith i m'athair.

## 11. Scéal Thríona II

Bhí Maitias ina chodladh an lá cinniúnach úd thuas ag Pointe Ard an oileáin. Dhúisigh sé go tobann i lár a bhrionglóide. Dúirt sé ina dhiaidh sin go raibh sé ag siúl ar an taobh ó thuaidh den oileán ina bhrionglóid. D'fhéach sé amach i dtreo na farraige. Bhí dath dearg ar an bhfarraige. Dath na fola.

Chonaic sé beirt ina seasamh amuigh sa bhfarraige ag iarraidh rud éicint a rá leis: an strainséir agus Pádraic. Bhí Pádraic ag tabhairt comhartha dó imeacht go tapa chuig an gcladach.

Dhúisigh sé ag an bpointe sin. Chonaic sé Micilín i bhfad uaidh síos an bóthar ag leanúint an strainséara i dtreo an chladaigh.

Bhí daoine ag rá ina dhiaidh sin go bhfaca siad Maitias ag rith ar nós na gaoithe trasna na páirce, a mhaide ina lámh aige. Cheap daoine go raibh cineál míorúilte tarlaithe, mar ní fhaca siad é ag rith riamh roimhe sin.

Má bhí sé bacach féin, bhí sé ag rith. Nuair a tháinig sé chuig na haillte chonaic sé cúis na brionglóide. Bhí

Micilín ar an gcladach ar a ghlúine agus é cromtha os cionn an strainséara. Bhí ceann an strainséara á choinneáil faoin bhfarraige aige. Rith sé chucu agus leag sé Micilín lena mhaide.

Nílim i mo chónaí ar an oileán a thuilleadh. Tháinig muintir an oileáin agus mé féin araon ar an gcinneadh sin.

Tá náire orm fúthu agus orthu fúmsa. Mo mháthair ina measc. Dá bharr sin chinn mé imeacht leis an strainséir.

Beidh ár gcéad pháiste againn san earrach. Dúirt an dochtúir gur buachaill a bheas againn. Tá Ciarán chomh haisteach i gcónaí. Ach táim i ngrá leis. Ní hin le rá nach smaoiním faoi Phádraic fós. Braithim go bhfuil sé thart i gcónaí. Ach ní bhíonn na brionglóidí agam a thuilleadh, buíochas le Dia.

Tá i gceist agam Pádraic a thabhairt mar ainm ar ár mac.